共和国的历程

寸 土 必 争

志愿军发起上甘岭战役

周广双 编写

蓝天出版社 吉林出版集团有限责任公司

图书在版编目（CIP）数据

寸土必争：志愿军发起上甘岭战役 / 周广双编写.
一北京：蓝天出版社，2014．1（2023.3重印）
（共和国的历程）
ISBN 978-7-5094-1097-4

Ⅰ．①寸… Ⅱ．①周… Ⅲ．①革命故事－作品集－中国－当代 Ⅳ.
①I247．8

中国版本图书馆 CIP 数据核字（2013）第 305472 号

寸土必争——志愿军发起上甘岭战役

编　　写：周广双
策　　划：金永吉　荆忠峰
责任编辑：祖　航　孔庆春
出版发行：蓝天出版社　吉林出版集团有限责任公司
地　　址：北京市复兴路 14 号
邮　　编：100843
电　　话：010—66983715
经　　销：全国新华书店
印　　刷：北京柏玉景印刷制品有限公司
开　　本：710mm×1000mm　1/16
字　　数：69 千
印　　张：8
版　　次：2014 年 4 月第 1 版
印　　次：2023 年 3 月第 3 次
定　　价：29.80 元

前　言

　　中华人民共和国自 1949 年 10 月 1 日成立以来，已走过了六十多年的风雨历程。历史是一面镜子，我们可以从多视角、多侧面对其进行解读。然而有一点是可以肯定的，那就是，半个多世纪以来，在中国共产党的领导下，中国的政治、经济、军事、外交、文化、教育、科技、社会、民生等领域，都发生了深刻的变化，中国人民站起来了，中华民族已屹立于世界民族之林。

　　这段时间放到整个历史长河中是短暂的，有如弹指一挥间，但它带给中国的却是极不平凡的。六十多年里神州大地经历了沧桑巨变。从开国大典到 60 年国庆盛典，从经济战线上的三大战役到经济总量居世界前列，从对农业、手工业、资本主义工商业的三大改造到社会主义市场经济体制的基本确立，从宜将剩勇追穷寇到建立了强大的国防军，从废除一切不平等条约到独立自主的和平外交政策，从"双百"方针到体制改革后的文化事业欣欣向荣，从扫除文盲到实施科教兴国战略建设新型国家，从翻身解放到实现小康社会，凡此种种，中国人民在每个领域无不留下发展的足迹，写就不朽的诗篇。

　　六十几年在历史的长河中犹如沧海一粟，但对身处其间的个人却是并非无足轻重的。其间究竟发生了些什么，怎样发生的，过程怎样，结果如何，非人人都清楚知道的。对此，亲身经历者或可鲜活如昨，但对后来者却可能只是一个概念，对某段历史的记忆影像或不存在或是模糊的。基于此，为了让年轻人，特别是青少年永远铭记共和国这段不朽的历史，我们推出了这套《共和国的历程》。

《共和国的历程》虽为故事形式，但与戏说无关，我们是想借助通俗、富于感染力的文字记录这段历史。这套丛书汇集了在共和国历史上具有深刻影响的重大历史事件。在丛书的谋篇布局上，我们尽量选取各个时代具有代表性的或深具普遍意义的若干事件加以叙述，使其能反映共和国发展的全景和脉络。为了使题目的设置不至于因大而空，我们着眼于每一重大历史事件的缘起、过程、结局、时间、地点、人物等，抓住点滴和些许小事，力求通透。

历史是复杂的，事态的发展因素也是多方面的。由于叙述者的视角、文化构成不同，对事件的认知或有不足，但这不会影响我们对整个历史事件的判断和思考，至于它能否清晰地表达出我们编辑这套书的本意，那只能交给读者去评判了。

这套丛书可谓是一部书写红色记忆的读物，它对于了解共和国的历史、中国共产党的英明领导和中国人民的伟大实践都是不可或缺的。同时，这套丛书又是一套普及性读物，既针对重点阅读人群，也适宜在全民中推广。相信它必将在我国开展的全民阅读活动中发挥大的作用，成为装备中小学图书馆、农家书屋、社区书屋、机关及企事业单位职工图书室、连队图书室等的重点选择对象。

编　者
2014 年 1 月

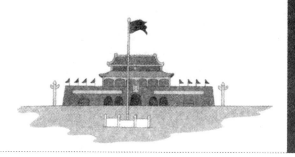

目 录

一、 争夺表面阵地

● 牛保才急忙用嘴咬着一根线头，一手去拉另一根线头，让无情的电流通过自己的身体，以使通信联络畅通，他昏了过去……

● 孙占元坚定地说："我是共产党员，我是指挥员，我不能离开自己的岗位！"

● 彭德怀指着朝鲜地图对十五军军长秦基伟说："五圣山是朝鲜中线的门户。失掉五圣山，我们将后退200公里无险可守。你要记住，谁丢了五圣山，谁要对朝鲜的历史负责。"

上甘岭战役拉开序幕

1952年10月13日的晚上，第四十五师第一三五团第九连连长高永祥还像往常那样带领4个班去阵地前沿侦察。

高永祥他们刚走出阵地，就敏锐地发现"联合国军"的探照灯异常明亮，并且阵地上还人声鼎沸，声响与汽车马达声响成一片。

高永祥的直觉告诉他，一场大战即将来临！

果然，在14日3时30分，一声巨响，打破了宁静的夜空。这时，以美国为首的"联合国军"以280门大炮和40多架飞机，开始对上甘岭进行狂轰滥炸。顷刻之间，上甘岭及其附近地区便化作一片火海。

其实，对于"联合国军"的这一举动，志愿军并不感到意外。早在9月10日，朝中联合司令部首长邓华、朴一禹、杨得志等五人就联名致电中央军委，建议争取主动有力地打击对方。

电文如下：

> 我为争取主动，有力打击对方，使新换部队取得更多经验，我们拟乘此换防之前以三十九军、十二军、六十八军为重点，各选3至5个

目标，进行战术上的连续反击，求得歼灭一部对方，并在敌我反复争夺中大量地杀伤对方。其他各军亦应各选一两个目标加以配合，估计我各处反击，敌必争夺，甚至报复局部攻势，这就又有利于我杀伤对方。反击战斗拟在本月20日至10月20日中进行，10月底进行换防。

以上可否请速示，以便各军进行准备。

中央军委5月12日便复电同意朝中联合司令部首长的联名提议。

在获得中央军委的同意后，朝中联合司令部于9月14日正式向部队下达了反击命令。

命令如下：

最近判明美骑一师仍在日本，陆一师仍守原防，敌于雨季后在我翼侧登陆的可能性还不大，但敌向我发动局部进攻之可能性依然存在。

目前我正面第一线工事已完成，我六十三军及六十四军一部已展开延伸白川海州地区，正在积极构筑工事，即使敌在该方面登陆我已有准备，同时我东西海岸正着手建立部分永久工事。另一方面我拟于10月底将六十八、十二、三十九军换下休整，在防御期间三十九、十二军曾积极地进行了若干次的战术反击，但

争夺表面阵地

还有一个师是最近投上去的，其余各军反击也少。

为粉碎对方可能的进攻计划，争取主动，有利打击与求得大量杀伤对方，取得更多的经验，故决定乘此换防之前，以三十九、十二、六十八军为重点，各选择 3 至 5 个有利的目标进行战术性的反击，求得歼灭一部对方并在反复争夺中，大量地来杀伤对方。为配合该 3 个军作战，其他各军亦可以各选一两个目标进行反击之。估计我各处反击，敌必反复争夺，甚至举以报复性的攻势，这就更有利于我大量杀伤对方。

反击战斗发起时间决于 9 月 20 日至 10 月 20 日之间，各部可根据具体情况选定目标及根据准备程度自行确定战斗时间。但应以准备好为原则，要做到攻必克。

为了促使各军在作战中达到战必胜、攻必克的目的，朝中联合司令部还专门下达了具体作战指示：

必须要准备好才打，仓促发起攻击，不仅不能成功，必遭致过大的伤亡，因此担任反击部队的各级步炮指挥员，主攻部队步兵的战斗小组长，对预攻目标、敌情、地形，必须进行反复侦察，甚至派遣精干的小组潜入敌侧后观察，以求得将对方工事构筑、兵力部署、各种火器，特别是曲射炮火位置、副防御设置等确实了解，然后下决心，制定作战部署，确定主攻方向。两三个攻击箭头即可，最好选择在侧后攻击，兵力使用，二梯队必须紧随一梯队以免为敌炮火隔断，以便及时投入作战。组织火力、选定与构筑炮兵阵地、构筑冲锋出发地屯兵处，同时进行沙盘作业及选择相似地形进行演习，及进行各种通信联络，调整人员武器及准备各种弹药物资。

在战斗中步炮协同的好坏，对胜负能起决定性作用，因此，必须制订周密的步炮协同计划，及有统一的指挥与集中多种通信工具以保证顺畅的联络。炮兵要根据对敌情、地形的了解，制订准确的射击计划，加强前沿观察，阵地尽量前推，要提倡有效的射击，视情况还可以先期破坏射击。要节约弹药，尤其苏式炮弹进口很少，库存亦将用完，特别要发挥迫击炮以下火炮的作用，十二军在这一方面做的还好，各部必须将各阶段各种火炮射击消耗预算报本部审查批示。

大批的炮火集中使用，必须组织各种火器加强对空射击，以求得使我火炮能较完全地进

争夺表面阵地

行作战，同时可打下更多的敌机。

各军都配属有一定的坦克，各部可根据地形条件发挥坦克的机动攻击能力，配合步兵冲锋或迂回敌之侧后，断敌之逃路和堵击敌步兵、以锻炼我们年轻的坦克部队。但因都无协同作战经验，必须很好协商计划。要给坦克除去道路上的障碍和消灭敌反坦克火器，坦克部队则应大胆、勇敢、机智作战，只有如此，新的兵种才可能锻炼成熟。

攻击成功后，必须充分预有击退对方连续反扑与敌反复争夺数天的准备，要知道这正是我诱敌脱离战术，大量杀伤对方有生力量的良好机会，这样才划算得来，要提倡打阵地前的歼灭战。因此事先必须准备充分的弹药及预备队，占领阵地后，迅速构筑工事改造地形。

同时，炮兵在反击成功后亦不宜撤出战斗，而应积极协同步兵击退和消灭敌之连续反扑，事先应有计划。如果一旦攻击不成，一、二队遭受过大伤亡，即不应恋战，应迅速撤出战斗。

接下来，志愿军开始小试牛刀了。

那是 9 月 18 日，夜幕刚刚降临，一颗颗炮弹像流星雨一般划过天空，飞向对方阵地。朝中军队开始对对方 20 个目标发起攻击。

在这场战斗中，最为激动人心的是对 74 号阵地的争夺，其中战斗最激烈的要数对 720 制高点的争夺。

伍先华带领的三班在冲到半山腰时，却被半截坑道及地堡里发出的火力阻挡了前进的道路。

在这千钧一发的时刻，伍先华喊道："罗亚全，爆破地堡。周绍丰，跟我掩护。"

只见罗亚全没有半点犹豫，迅速抱起炸药包朝对方地堡群方向飞速爬去。

但是，对方的射击凶狠而又密集，罗亚全受了伤，只能暂时趴下不动。

伍先华见此情况，拼命向对方开火，将对方的火力吸引了过来。

罗亚全忍住剧痛，艰难地爬了起来，慢慢地向对方地堡靠近。

不久，志愿军战士听到对方地堡里发出两声巨响，罗亚全壮烈牺牲了，对方的地堡也被炸毁了。

之后，志愿军战士又成功炸毁对方的另外两个地堡。

正当战士们顺利冲锋时，对方半截坑道里的机枪又挡住了他们前进的道路。

"周绍丰，掩护我上去！"伍先华抱着那捆 20 公斤的大炸药包喊道。

伍先华一翻身，冲向对方的半截坑道。突然，对方的一颗子弹射中了他，伍先华一头栽倒在地上，一动不动了。

争夺表面阵地

过了一会儿，伍先华才苏醒过来，他拖着受伤的身躯，艰难地向对方的半截坑道爬去。

就在这时，对方火力停了下来，显然并没有发现伍先华的到来。

伍先华利用这一难得的机会，用尽全身的力气冲进对方的半截坑道，伴随着一声惊天动地的巨响，伍先华和对方的一个排，即 40 多个人同归于尽了。

伍先华用自己年轻的生命，扫平了志愿军进攻道路上的最后障碍，志愿军第一〇〇团乘势攻取了 74 号山头阵地，全歼了对方一个加强连。

正是由于我方在这次战役全面打响之前已经做好了全面准备，因而在 10 月 14 日凌晨志愿军遭到以美军为首的"联合国军"突然袭击时，才能与对方进行最顽强的战斗。

上甘岭战役就这样拉开了序幕！

初战失去阵地

1952 年 10 月 14 日 4 时，"联合国军"对上甘岭发动突然袭击，志愿军在经受一小时炮火轰炸后，发现对方开始火力延伸以压制纵深目标。同时，其步兵也开始向志愿军冲锋。

秦基伟后来回忆说：

> 对方用这么多兵力攻击上甘岭，在事前没有估计到。我们准备对付敌人 3 至 4 个师的进攻，主要是在西方山方向。
>
> 因而，就这场战役来讲，我们一开始所做的防守部署是有点失误的。

但是，面对优势敌人的疯狂进攻，志愿军战士没有丝毫畏惧，依然斗志昂扬。

志愿军九连 597.9 高地 11 号前哨阵地上的一个班最先与美军交上火。但是，当时班长使用兵力不当，一下就把全班投入了战斗，蛮冲蛮打，在美军的猛烈炮火下，很快蒙受了巨大伤亡，等打退美军 4 次冲锋后，只好退入坑道坚持战斗。

防守 2 号阵地的八连一排见 11 号阵地失守，排长立

争夺表面阵地

即组织两个班前去反击，力求乘对方立足未稳夺回阵地。

但是，这两个班在半路上就遭到了美军炮火的覆盖射击，只得被迫退回 2 号阵地。

这样一来，一排的反击未成，连防守 2 号阵地都很困难了。11 时许，2 号阵地也告失守。

在 2 号阵地和 11 号阵地相继失守后，东南的 7 号阵地因此陷入孤立，随即也被美军占领了。

只有最关键的 9 号阵地顶住了美军的进攻，它由九连副指导员秦庚武指挥三排进行防守。

秦庚武见美军炮火异常猛烈，在阵地上一次性投入兵力越多，那么伤亡也就越多越快，所以他只在表面阵地上一次投入 3 个人，伤亡一个就从坑道里补充一个，打得从容不迫。

9 号阵地因此成为 597.9 高地的中流砥柱，始终顶住了美军的进攻。

9 号阵地是主峰的门户，位置极其重要，只要 9 号阵地不失，那么 597.9 高地就可保无忧。

经过一上午的激战，美军攻击部队七师三十一团的二营、三营损失均超过了 70%。

美军比较忌讳部队成建制的消耗，就未敢再使用一营，于是将三十一团撤下去休整，又换上三十二团接着再战。美军一直打到黄昏，也未能攻下 597.9 高地。

537.7 高地上，也同时遭到了对方攻击。

此时，高永祥带着战士们，正从接近对方的前沿阵地往回赶，他想了解一下阵地被对方摧毁的情况。在听到枪声后，高永祥急忙命令二排排长将七班留下来，并迅速带领其他班返回主阵地。

高永祥回到坑道，立即打电话向营长报告了情况。

正在这时，观察员陈家富报告："发现对方一个排向我进攻，另一路向 7 号阵地运动！"

听到观察员的报告，当即就有两个班争着打头阵。正当他们争得面红耳赤时，观察员又回来报告："对方的炮火延伸了，步兵已经接近前沿 50 米。"

高永祥迅速下达了作战命令：

二班立刻进入阵地，七班做好准备！

阵地上硝烟滚滚，"联合国军"开始向他们发起第一轮攻击，只见漫山遍野都是对方的钢盔在晃动，估计有 3 个营的样子。拿这么多的兵力对付两个班，可见对方已经下了血本。

高永祥见到这种情况，立即命令准备反击的七班即刻返回坑道，保存力量和对方长期作战。

由于阵地上硝烟弥漫，后方志愿军战士看不到他们发出的信号弹，所以一直没有提供支援。

战斗在激烈进行中，高永祥指挥战士们一会儿工夫就打退了对方组织的 21 次进攻。在这一轮战斗中，志愿军战士参加战斗的所有人都受了伤。

过了不久，对方又发动了第二轮攻击。这次对方已

争夺表面阵地

经孤注一掷，把预备兵力也投入了战斗。他们不分队形，像蝗虫一样漫山遍野地往上爬。

战斗到了最激烈的时候，一排长甩掉棉袄，抓起手雷狠狠地向对方扔去。

七班班长袁在福甚至连衬衣都脱掉了，光着膀子迎击爬上来的美军。

战士陈家富把子弹打光了，就捡起一块石头向对方砸去，但对方的一颗子弹不幸打中了他，陈家富没有退缩，反而在牺牲前的一刹那，端起明晃晃的刺刀冲了下去，他的神勇吓得对方四处逃散。

最终因为寡不敌众，高永祥命令七班班长掩护其他战士转入坑道。

此时，南朝鲜军第二师三十二团以一个营分三路向我守备部队一连发动猛攻，一连战士依托被严重摧毁的阵地英勇坚守，战斗之顽强被南朝鲜军称为史无前例。

南朝鲜军地面部队攻击连连被击退，只得召唤美军的航空兵火力支援。

不久，美军出动了 20 余架 B - 26 型轰炸机投掷凝固汽油弹，顿时，阵地上成为一片火海。

南朝鲜军乘势猛攻，最前沿的 8 号阵地战士正准备退入坑道，却被冲上阵地的南朝鲜军一挺机枪压制在离坑道口 10 余米处。这挺机枪附近正巧躺着因多处负伤而昏迷的孙子明，他被枪声惊醒，看到这情景，他大吼一声扑了过去。

南朝鲜军机枪手猝不及防，被吓得掉头就逃。

孙子明刚想把机枪掉过头去射击，另外一股 10 多个南朝鲜军拥了上来，他见来不及开火，一把抓起身边 3 颗手榴弹，朝着这股南朝鲜军扑去，与对方同归于尽了。

孙子明也就成为在上甘岭战斗中，与对方同归于尽的后来被称为 38 勇士中的第一人！

到 14 时，一连只得退守坑道，537.7 高地除 9 号阵地外，其余表面阵地都告失守。

九连和一连在激烈的战斗中，将战前储备的弹药消耗殆尽了，共发射了将近 40 万发子弹，投掷的手榴弹、手雷近万枚。

由于长时间高强度的持续射击，志愿军的武器损耗也非常惊人，总共打坏了 10 挺苏式转盘机枪、62 支冲锋枪、90 支步枪，竟占全部武器的 80% 以上！

美军和南朝鲜军以 320 门大口径火炮、47 辆坦克、50 余架飞机对十五军 30 公里防御正面进行攻击，其中对五圣山前沿 597.9 和 537.7 高地的轰炸特别猛烈，共动用 300 门火炮、27 辆坦克和 40 架飞机，火力密度高达每秒落弹 6 发。

如此猛烈的炮火，使得在坑道中的志愿军守备部队觉得简直就像是乘坐着小船在波浪滔天的大海上颠簸，强烈的冲击波激荡着坑道，使不少人的牙齿磕破了舌头和嘴唇，甚至还有一个 17 岁的小战士被活活震死！

后来，幸存者回忆起当时的情景，都不约而同地以地狱来形容当时的情景，其恐怖由此可见一斑。

争夺表面阵地

用生命换来的 **3** 分钟

战斗进行得非常激烈，形势对志愿军越来越不利。

前线坑道里的守备部队准备用步话机与营部取得联系，来争取火力支援。

但是，炮火实在太猛烈了，步话机的天线刚刚架起，就被炸掉了。

在短短几分钟里，坑道里储备的 13 根天线全数被炸毁。

虽然经过多次努力，但始终无法与指挥所取得联系。

电话线更是被炮火炸得不成样子。

在现代战争中，通信设施往往是被重点攻击的对象。一旦通信设施被破坏，这就使军队在战场上变成了瞎子和聋子。

在这种情况下，志愿军的通信设施自然也就成了对方进行轰炸的一个重要目标。

反击 537.7 高地北山的战斗就要打响了，在这紧张的时刻，营里却不能及时地与上级取得联系，不能接收战斗命令，这令营长郝来会特别着急。

正当郝来会心急如焚的时候，副团长派通讯员来送信了，他命令部队原地待命，随时准备参加战斗。

郝来会下意识地抓起电话机，但马上意识到电话线已经断了。

"怎么搞的！电话线老是断，断！"郝来会喊道。

"牛保才！"

郝来会知道他是一个久经考验，能够圆满完成任务的共产党员。

"刚才我来时，在路上看见他负伤了。"副团长派来的送信员说道。

原来，为了使电话畅通，副班长牛保才早就冒着铺天盖地的炮火前去查线了。

牛保才一路上，一边躲避对方的猛烈炮火，一边接上断线，但是他随身携带的整整一大卷电话线很快就用完了。

突然，牛保才的左腿不幸被对方的炮弹片打中了。

但他并没有停顿片刻，他强忍着剧痛，冒着猛烈的炮火，继续往前爬着，在他的身后留下了斑斑点点的血迹，一直延续了二三百米远。

后来，牛保才终于爬到最后一处断线的地方，开始抢修电话线，但是电话线太短，还差了一截！可随身携带的电话线已经没有了。

眼看对方的攻击这么猛烈，情况十万火急，这该怎么办呢？

来不及多想，牛保才急忙用嘴咬着一根线头，一手去拉另一根线头，让无情的电流通过自己的身体，以使通信联络畅通。他昏了过去……

争夺表面阵地

正在营长郝来会急得抓耳挠腮时，突然，电话铃响了。郝来会欣喜若狂，一把抓起电话，大声喊道：

"喂！""喂！"……

副团长的声音清晰地传了过来：

"时间到，开始反击！"

牛保才用生命换来了 3 分钟的通话时间，为营指挥所的一三五团副团长王凤书赢得了向坑道部队下达作战命令的宝贵 3 分钟。

夜间实施反击

1952年10月14日夜晚，我志愿军第十五军决定趁"联合国军"立足未稳，以4个连的兵力分4路向占领上甘岭的"联合国军"发起反攻，以恢复表面阵地。

反击2号阵地的任务由孙占元所在的第四十五师第一三五团第三营第七连承担。孙占元被指定为突击排长，易才学是突击班的第一爆破手。

20时，反击终于开始了。

孙占元带领战士们如离弦之箭一般冲向对方，当他们行进到与对方仅有100米左右的距离时，从对方残存的地堡里发射出密集的火力，4个火力点喷射着无数的火舌，密集如火网一般。

如果不将它们拔掉，志愿军战士就会寸步难行，而在这里多停留一分钟则可能会带来更大伤亡。

"李克先，你去炸掉东面第一个火力发射点！"孙占元果断发出命令。

李克先回答一声"是"，便提起两根爆破筒，就要冲过去。

孙占元一手将他摁住，瞪着眼睛说："注意，要利用地形，不能冲动，更不能蛮干！"

孙占元话音刚落，李克先便迅速向对方的第一个火

争夺表面阵地

力点爬去。

孙占元和二排的所有战士都随着李克先的身影把心悬到了嗓子眼。

此刻，突然空中出现一颗照明弹，李克先就趁照明弹熄灭的那一刻，从地上一跃而起，几步蹿到对方的火力发射点前。

伴随着一道光亮，一声巨响传到孙占元的耳朵里，孙占元和战士们还没有爬起来，又听到闷雷般的第二声响。

孙占元冲着前方大吼一声"冲"，就身先士卒地向着对方火力点冲去。

可是，刚到接近对方地堡 20 米的地方，在残破的火力点后面又有密集的子弹疯狂地扫射过来。

战士们不得已又一次卧倒，孙占元一面与坑道的部队联系，一面命令易才学继续对对方的第一个火力点进行爆破。

易才学行动敏捷，只见他一个翻滚，滚进了一个低洼的坑里，以此作掩护，随后举起手雷狠狠地向对方砸去。

几乎在手雷爆炸的同时，孙占元和战士们一跃而起，以迅雷不及掩耳之势占领了第一个火力点。

在夺下第一个火力点后，孙占元开始寻找李克先，但是由于对方的另外 3 个火力点依然存在，孙占元只能一面爬，一面向四周搜寻，并不时地压低声音呼唤李克先的名字。

突然，在一截残破不堪的沟里，孙占元发现了李克先，他正一动不动地趴在那里，原来他已经在战斗中牺牲了。

孙占元强忍悲痛，摆直了同伴的遗体，然后加快速度向前爬去。

此后，"联合国军"向孙占元率领的突击排连续发动疯狂的攻击。

孙占元沉着指挥，全排同仇敌忾，以坑道为依托，以烟尘作掩护，把冲上来的"联合国军"一次又一次打了回去。

在战斗中，孙占元腿部负了伤，为了不影响士气，他一声不吭，先是命令易才学带两名战士去炸对方地堡，自己用机枪掩护，又命令方振文等战士准备打反击。

易才学忽然发现排长声音颤抖，脸色不对，仔细一看，发现排长的腿被打断了，右膝盖骨已露出骨碴，只有一层皮连着，连身边的泥土都已被鲜血染红。

"排长，你得马上下去，这里有我们，你就放心好了。"易才学说着就要抬排长下去。

孙占元虽身负重伤，但神志清醒，他视阵地重于生命。

"住手！"孙占元坚定地说，"我们还要消灭敌人，我还没有完成任务。我不会死，不会的。别担心，赶紧准备战斗！"

"我们去消灭敌人，我们去完成任务，排长你快回

争夺表面阵地

去吧!"

"我是共产党员,我是指挥员,我不能离开自己的岗位!"孙占元坚定地说。

正在这时,山下的"联合国军"又开始反击了。

孙占元当即命令易才学去爆破"联合国军"的最后一个火力发射点,自己则强忍剧痛,满是虚汗的脸贴在机枪托上,朝着对方猛烈开火,实施掩护。

易才学乘机跳上石崖,几个箭步绕到"联合国军"火力点的侧后,迅速将手雷投了进去,随即翻身跃起,把机枪往沙袋上一放,对着残存的"联合国军"士兵猛扫,直到将对方全部消灭。

而后,易才学提着机枪,转身跳下地堡朝孙占元的位置跑去。

易才学大声呼喊着排长的名字,却听不到回声,借着战场的火光,他看见排长血迹斑斑的身躯,身下还压着"联合国军"的一个士兵,前后左右倒下了7具"联合国军"士兵的尸体。

原来,两腿被炸断的孙占元在弹药用尽后,爬到对方士兵尸体堆里,解下手榴弹投向敌群。

当对方士兵扑到他身边时,孙占元毅然滚入敌群,拉响了最后一颗手雷,与对方同归于尽。

"为排长报仇!"易才学高呼着,端起枪与战友们一起向2号阵地发起冲击,全歼了对方残部,收复了阵地,胜利完成了反击任务。

坚决固守 寸土不让

志愿军夺回的上甘岭 597.9 高地，由东北和西北两条山梁组成，好像英文字母 V，又像是个三角形，所以被美军形象地称为三角形山。

上甘岭是五圣山的命脉。

彭德怀在离开前线时，曾指着朝鲜地图对十五军军长秦基伟说：

五圣山是朝鲜中线的门户。

失掉五圣山，我们将后退 200 公里无险可守。

你要记住，谁丢了五圣山，谁要对朝鲜的历史负责。

可见，五圣山的战略位置多么重要。

五圣山，位于朝鲜中部，平康东南约 19 公里，金化以北约 5 公里处，海拔 1061.7 米，南面山脚下，有 5 个高地犹如张开的五指。

在上甘岭战役中双方殊死争夺的 597.9 和 537.7 高地就像是其中的拇指和食指。

在五圣山西侧，便是斗流峰和西方山，三山如唇齿

争夺表面阵地

相依，形成天然的防线。

如果斗流峰、西方山失守，五圣山就会陷入三面受敌的险境；要是五圣山失守，那斗流峰、西方山就失去依托，整个中部战线便有全线崩溃的危险。

西方山以西，则是宽达 8 公里几乎是一马平川的平原，如同是群山环抱中的天然走廊。

从汉城到元山的铁路、公路横贯其间。

可以这么说，五圣山、斗流峰和西方山一线，志愿军占有它，可俯瞰对方纵深目标，直接威胁"联合国军"的金化防线，把战线稳定在"三八线"。

倘若"联合国军"夺取了五圣山，就从中部突破了志愿军防线，危及北朝鲜的整个战线。

五圣山系战争与朝鲜命运于一身，其重要性无可匹敌！

因此，志愿军在这里一共布下了 12 个阵地，东北山梁上依次是 2 号、8 号和 1 号阵地，2 号阵地的左前方有个小山梁，上面就是整个高地最前沿的 11 号阵地。

西北山梁上依次是 6 号、5 号、4 号和 0 号阵地。

高地主峰则是 3 号阵地，主峰前面的突出部是 9 号阵地，9 号阵地的右后方是 10 号阵地，左后方是 7 号阵地。

其中 9 号阵地是主峰的门户，位置非常重要，因而成为双方殊死争夺的目标。

防守此地的是第一三五团的九连和八连的一个排，

为一个加强连的兵力。

537.7 高地是两个南北相对形同驼峰的山岭，南山被美军占领。

北山则在志愿军手中，上面有 9 个阵地，组成一个不规则的十字形，从西到东依次是 9 号、3 号、4 号、5 号和 6 号阵地，由南到北依次是 1 号、2 号、7 号和 8 号阵地，其中 8 号阵地是最前沿的突出部。

整个北山高地由第一三五团一连防守。

在接受了防御五圣山地区的任务后，秦基伟根据战争发展的形势，经过一番深思熟虑，提出了"积极防御，持久防御"的指导方针，要求建立起突不破的防线。

面对美军的优势炮火，如何组织防御战，如何坚守阵地，实在是一个大难题。

知识分子出身的军参谋长张蕴钰，虽然抗战时期才参加革命，但在不长的战争经历中，就以熟知兵法善思敏行而见长，多次被秦基伟称赞为"我的好参谋长"。

张蕴钰认为没有认真准备的进攻，未打就先输了一半。他对双方的形势作出了这样的分析：

志愿军火力正逐步得到加强，再依托有利地形和坑道工事，强大的后备力量，应该可以组织有效防御。反击争夺，只是一种辅助战术和手段，而不应是主导方针。

而美军尽管具有火力优势，但后备兵力严

重不足，其在亚洲只有驻日本的两个师，美国本土也只剩 6 个半师，经不起阵地战的大量消耗，而且攻击精神也差，这些弱点决定了阵地防御战是可以行得通的。

经过认真讨论，十五军终于确定了"寸土不让，坚决固守"的作战指导思想。

争夺阵地拉锯战

1952 年 10 月 15 日开始，"联合国军"不甘心阵地被志愿军夺回，与我防守部队展开了惨烈的拉锯战。

"联合国军"又先后投入两个团又 4 个营的兵力，在猛烈的火力支援下，继续向我两个高地发动猛攻。志愿军阵地昼失夜复，战斗异常残酷激烈。

连日不息的炮火像暴风骤雨一样，无休止地在上甘岭这片土地上肆虐。

"联合国军"在强大火力掩护下，像潮水般一浪接一浪地涌上来，双方的拼杀使阵地上血肉横飞，日月无光。

16 日，"联合国军"继续猛攻不止，四十五师先后有 15 个连投入战斗。

秦基伟当即作出决定，将四十五师改为主攻，四十四师则改为助攻。

秦基伟还命令军、师组织火炮向上甘岭移动，并组成炮兵指挥所统一指挥。

同时，建立后方供应机构，加强后勤保障，除原先储备的弹药外，另为一线部队每连增加配备 8000 枚手榴弹，3 个月的补给品储备量，并积极组织向坑道补充弹药、食物和饮水。

四十五师，这支长期充当配角跑龙套的部队终于可

争夺表面阵地

以过把瘾了，在这样一场举世罕见的大战中当一回主角。

17日，战斗进入到第四天，双方争夺越来越惨烈，阵地得而复失，失而复得，一天之中几度易手，每次易手就伴随着天翻地覆的炮击和天昏地暗的拼杀，鲜血染红了高地。

由于战场地域狭窄，一次最多只能展开两个营的部队，双方只能采取逐次增兵的战术，一个营一个连，甚至一个排一个班地投入作战。

这天，南朝鲜军第二师最大的收获是知道了志愿军在地下挖有坑道。

这也解决了美军和南朝鲜军此前几天来一直困惑不解的难题：在如此猛烈的炮火下，志愿军怎么还会有人生存下来？

美军和南朝鲜军对此极为重视，特意派南朝鲜军二师的中校情报参谋带了精干侦察人员前来侦察，这才搞清楚，志愿军原来是在利用坑道对付炮火轰击。

18日，"联合国军"以两个团的兵力，分别向我两高地发动轮番进攻。经过一天的较量，我志愿军前沿部队因伤亡过重，被迫退守坑道，上甘岭的表面阵地第一次全部失守。

第十五军军长秦基伟在得知战况后，一声不吭地走进作战指挥室，拿起电话对第四十五师师长崔建功下了死命令：

守住阵地，粉碎对方的进攻。丢了上甘岭，你就不要回来见我了。

崔建功当即表态：

请军长放心，打剩一个连我去当连长，打剩一个班我去当班长。只要我崔建功在，上甘岭就是朝中人民的。

崔建功的话说得秦基伟的心里火辣辣的。

"阵地不能丢，伤亡也要减下来。在西方山方向虽然没大打，但不能动，那个口子不能松。现在就靠你和张显扬师顶住，我已经向军机关和直属队发出号召，婆娘娃娃一起上。请转告部队，打到最后一个人，也要坚守阵地！"秦基伟又对崔建功说。

在 19 日晚的反击战中，志愿军首次使用了一种带有传奇色彩的火箭炮。

这种火箭炮的名字就叫"喀秋莎"。

"喀秋莎"这种炮是苏联造的，19 管，在当时是新式武器，一按电钮，19 枚炮弹像一条火龙倾泻出去，半边天都是红的。

1941 年，苏联卫国战争爆发后，苏军第一次使用这种多管火箭炮，曾给德国军队以毁灭性打击。

"二战"中刚投入使用时出于保密原因，没有专门的

争夺表面阵地

名称，只是在炮架上有个生产厂的字母标记"K"，就被苏军士兵亲昵地叫作"喀秋莎"，那是苏联姑娘常用的名字，也是一首优美的流行歌曲名字。而德军则因其发射时的独特声音，把它叫作"斯大林管风琴"。

上甘岭战斗打响后，为了加强五圣山方向的火力，志愿军司令部给十五军配属一个"喀秋莎"火箭炮营。"喀秋莎"是在机动车上发射的，主要用于打击大面积目标，发射时炮位一片明光，阵地极易暴露。友军中就有"喀秋莎"营被敌飞机炸毁的事。

十五军对这个宝贝蛋的使用，格外小心。平常藏在山洞里，连自己的部队都不让接近。确定要打，才悄悄选择阵地，计算好目标，一切准备就绪之后，时间一到，派出警戒，炮车直奔阵地，停车便打，打完就撤。所以在整个 40 多天的上甘岭战役中，十五军的"喀秋莎"前后发射 10 次，丝毫无损。

10 月 19 日 17 时许，在志愿军"喀秋莎"火箭炮营一齐朝对方阵地猛射后，103 门山、野、榴炮立即拦阻射击。

这次炮击极为成功，一举摧毁美军 75% 的防御工事。

我军早已于 18 日夜运动至坑道和待机位置的 4 个连加上坑道的两个连，兵分两路，同时向占领我 597.9 高地和 537.7 北山表面阵地之敌实施反击。激战到半夜，全部恢复了表面阵地。

十五军刚刚恢复阵地不过一个多小时，天就亮了。

20 日一早，美军出动 30 架次 B－26 型轰炸机在大量炮兵配合下，对上甘岭进行地毯式轰炸，其 300 余门重炮同时向志愿军实施轰击。对方 40 多辆坦克由于受地形限制，无法实施集团突击，干脆抵近高地作为固定火力点，直接支援步兵进攻。

美军在这次战斗中，共投入步兵 3 个营，采取多路多批次集团冲锋，后三角队形，兵力由小到大，一拨接一拨，在宪兵队的督战下，轮番冲锋。

志愿军代司令邓华知道这一情况后，对秦基伟指示说："对方以营团兵力在狭窄地域实施密集冲锋，是用兵上的极大错误，应抓住这一时机，大量歼敌。"

秦基伟将这一指示传达给崔建功，要求部队树立起"一人舍命，万夫难当"的革命英雄主义精神，放开打，狠狠地打。

同时，秦基伟还告诉他们说："全军都在关注你们，而且会全力支援你们！"激烈的炮火使得整个上甘岭都被硝烟所笼罩，相隔百米就无法看到信号枪的光亮，双方只好都使用迫击炮发射信号炮弹来进行联络。

黄昏时分，部队已连续激战一天一夜，交战双方的伤亡都很大。

四十五师已经没有一个完整的建制连队，21 个步兵连伤亡均逾半数以上，再加上后援无济，无力再战，只得放弃表面阵地退入坑道，除 597.9 高地西北山梁上的 4 个阵地外，其余阵地均告失守。

争夺表面阵地

崔建功原先苦心安排只攻不守的王牌八连也无法撤下，继续在上甘岭战斗，此时仅剩 15 人，在连长李宝成的率领下退入 1 号坑道。

这一天，"联合国军"投入了 17 个营，伤亡 7000 之多，惨到每个连不足 40 个人。

后据美国随军记者威尔逊报道：

> 一个连长点名，下面答"到"的只有一名上士和一名列兵。

巧打对方校正机

"联合国军"炮火对目标的精确打击主要得益于其空中校正机，志愿军为了对付对方的校正机，战士们把高射炮拆开之后运到山顶，然后再重新组装。

10月16日早上，对方炮火照例向我前沿及纵深实施射击，随后对方校正机也大模大样飞到我阵地上空观察，为其炮火指示目标。

因为此前我们的高射炮不多；对方校正机未曾感到有大的威胁，所以飞得很低，也就一两千米。它不知道此时我二连的炮口早已紧紧盯住它，只等着一声令下了。

10时14分，就在对方校正机进入我火网区域内之际，二连6门三七高炮和3挺高射机枪一阵集火齐射，顿时对方校正机冒起黑烟，飘落坠于前沿阵地上。

见此情景，四十五师唐副师长非常高兴，连连说："就这么打！就这么打！"

二连的干部战士们也很兴奋，总算是为早上被敌炮炸伤的战友们出了口气。11时，敌机又一架由运输机改装的C-47型侦察机被我击伤，歪歪斜斜地向对方阵地逃窜。

随后"联合国军"炮火又向我阵地实施更猛烈的轰击近一个小时，紧接着对方的战斗轰炸机编队又一次飞

争夺表面阵地

临志愿军阵地上空，开始对志愿军轰炸扫射。

这恰好给了我二连一次试炮的机会。上阵的第一天，我一个小炮连队即以击落、击伤对方战机各两架的战果，取得了开门红，杀了一下美国空军的嚣张气焰。

此后的几天里，志愿军同美国空军进行了斗智斗勇的连续作战。到 20 日为止，志愿军已分别于 18 日 10 时 10 分和 20 日 12 时 15 分，又击落敌 F－84 和校正机各一架。

通过几天的观察，志愿军初步摸清了美机的活动规律、作战队形、飞行高度，还有轰炸前的征候及轰炸手段等情况。

20 日是个好天气，对方战机从早上 7 时起就不断地飞临志愿军的阵地，先是校正机不断地在我上空盘旋，之后，对方的炮火像疯了一样向我前沿阵地和纵深炮兵阵地倾泻炮弹，在我阵地上能清楚地听到对方炮火齐射时发出的沉闷的"咚咚"声。

由于我方通讯兵保证了指挥所与炮兵阵地的通信联络，使得战情和射击命令能够及时传到炮位，志愿军高炮才发挥了应有的威力。

从 7 时到 9 时，每个小时都有一架美军校正机被我击伤，9 时 16 分还击伤了一架 F－51 战斗机。

美校正机被我连续击伤 4 架后，就再也不敢在我阵地 6000 米以内的空中盘旋侦察了。对方的炮火没了"眼睛"，射击的准确率也就大大下降了。

9 时以后，对方炮火渐稀，志愿军指挥员知道对方飞机轰炸即将开始了，就迅速通知在掩蔽部内避炮的二连和机枪连准备战斗。

当美军 30 余架飞机前来攻击轰炸时，我二、四连及机枪排同高炮三十五营一起，又与其展开了激烈的战斗。

战斗一直进行到 16 时许，志愿军又击伤对方飞机两架。

在这之后，志愿军炮兵作战部队又召开会议总结了作战经验。在这次会上，大家围绕着我们掩护地面炮兵阵地这一中心任务，又分析归纳出对方经我高炮不断射击后，其飞机袭击我野榴炮阵地转而采取的以下几种手段：

一是采取高度 3000 至 4000 米不规则的队形及不同的俯冲点进行俯冲轰炸，使志愿军不能集中火力打击一个方向的一个目标。

二是发现志愿军高射武器都置于山上后，就利用山沟及我高炮死角处进行冲击偷袭。

三是轰炸前为避免志愿军高炮射击，先以地面炮火向我高炮阵地进行压制性射击，并带有烟幕弹来遮蔽我高炮视界，使我高炮难以观察，不能及时准确地射击。

四是在高空向我高炮阵地进行扰乱压制性地扫射，来吸引我高炮火力，掩护其余机群对

争夺表面阵地

野榴炮阵地轰炸。

针对这些已经或可能出现的情况，大家讨论决定采取以下对策：

> 对敌机之分头俯冲仍要求坚持统一指挥、集中火力攻其一点；适当下放指挥权给班或排以灵活打击单架偷袭之敌机；当敌炮压制性轰击我时，除警戒值班人员外都要隐蔽好；仍要把校正机和轰炸我野榴炮阵地的机群作为首要目标来重点打击。

以后的战斗实践证明，志愿军当时的分析和决定是十分有效的。

在志愿军高射炮的强大压力下，对方空中校正机再也不敢轻易地接近志愿军阵地了，这也就使得对方的炮火失去了"眼睛"，其攻击的精确度也就大大降低了。

可歌可泣的孤胆英雄

在 19 日的作战中，我志愿军战士中涌现出一大批可歌可泣的英雄人物。

在当日，志愿军炮火射击刚一延伸，步兵随即开始反击。

537.7 高地的地形简单，易攻难守，反击的 3 个连攻势如潮，仅 20 分钟就夺回了全部阵地，随后便按照事先规定，转入防御。

这场激烈反击战的重头戏是在 597.9 高地。已进入坑道的八连等炮火开始延伸射击时，就冲出坑道，首先攻下 1 号阵地，接着向 3 号主峰阵地冲击，但却被东侧一个地堡火力所阻，八连两次组织爆破均未成功。

负责掩护的机枪手赖发均人枪俱伤，他拿起一颗手雷带伤冲了过去，在向地堡接近途中，又多处负伤。但他一直匍匐行进到距地堡两米处，然后趴在地上稍事休息，积攒最后的体力，一跃而起，连人带手雷一起扑到地堡上，随着一声巨响与对方的地堡同归于尽了。

几乎与此同时，东南山梁上的 8 号阵地，四连一位叫欧阳代炎的副排长，双腿被炸断后，毅然滚入对方阵营中，拉响了手榴弹。

八连夺下 3 号主峰阵地继续推进，在攻击 9 号阵地

争夺表面阵地

时被美军主地堡密集火力阻拦，这个主地堡是以一块巨石掏空建成的，由于角度制约，十五军曾集中 10 多门火炮轰击，也未能将其摧毁！

最后，苗族战士龙世昌带着爆破筒冲了上去，就快要接近地堡时，一发炮弹在他身边爆炸，龙世昌的左腿齐膝被炸断。但他仍顽强地向地堡爬去，终于爬到了地堡前，将爆破筒从射击孔中插进去，地堡中的美军马上又将爆破筒推出来，龙世昌再向里推，双方僵持着，龙世昌用胸脯死死顶住爆破筒，就在这时，爆破筒爆炸了，地堡与他一起在火光中消失了。

八连乘势收复了 9 号阵地。

19 日这一天，是黄继光调到营部通讯班的第九天，他跟着营参谋长张广生从团里回到一线，参加进攻 597.9 高地的战斗。

5 时 30 分，志愿军的强大炮火对准 597.9 高地，如滚雷般咆哮起来，整个高地顷刻间变成了一片火海。

此刻，从另一个方向反击的一三五团六连，经过大半夜的血战，攻占了 6 号、5 号阵地，伤亡很大，再也无力向前推进了。

恰在这时，二营代理参谋长张广生率领五连二排赶来作为二梯队，继续攻击，这才夺回了 4 号阵地。

当攻到 0 号阵地时，这一个加强连只剩下 16 人了，张广生叫通师部，直接向师长崔建功报告。崔建功厉声命令：

八连已占领主峰阵地，如果你们攻不下 0 号阵地，天一亮对方就会以此为依托反扑，必须不惜一切代价拿下 0 号阵地！

0 号阵地的美军凭借着由 4 个地堡组成的子母堡顽固抵抗。张广生和六连连长万福来将剩余人员编成 3 个小组，实施连续攻击，但 3 个小组伤亡都很大。

此时，万福来身边已经没有一个战斗人员了，他心急如焚，跟随张广生的营部通讯员原来是六连战士的黄继光，和六连通讯员吴三羊、肖登良一起请战。

张广生立即将这 3 位战士编成一组，指定黄继光为班长，去完成爆破任务。

黄继光什么也没有说，带着两人就向前冲去。在军情如火的紧急情况下，行动才是最重要的！

六连指导员冯玉庆用机枪掩护 3 人向地堡冲去，这 3 位战士果然机灵，交替掩护，很快炸掉了两个子堡。但吴三羊牺牲了，肖登良受重伤了，这样除指导员冯玉庆外，只剩黄继光一人了。

"指导员，我去干掉他！"黄继光主动请缨道。

冯玉庆默默地点了点头说："好！你去吧！"

黄继光继续向主堡跃进，突然他也中弹倒地，但他没有停下，仍带伤匍匐前进，顽强地爬到主堡前投出手雷。

争夺表面阵地

由于主堡很大，手雷只炸塌一角，里面的美军换了一个射击孔又开始射击。

此时，黄继光已 7 处负伤，没有任何武器了，他爬到地堡的射击死角。

"黄继光已没有了武器，为什么他还在一直往前爬?"

冯玉庆带着疑惑对刚好爬到身边的 3 个送弹药的战士说："准备冲击!"

就在这时，黄继光一跃而起，张开双臂用自己的胸膛堵住了主堡的射击孔。

冯玉庆从地上猛地跳起来，大喊一声："冲啊，为黄继光报仇!"抢先向着对方的火力点冲去。

冯玉庆身后的战士也像狮子一般怒吼着向 0 号阵地发起冲锋，最终一举将其攻陷。

二、 坚持坑道斗争

● 邓华对战局进行了认真分析，他说："你们的意见是正确的。"

● 李宝成带头端起盛尿的茶缸："喝，就当它是光荣茶嘛。"

● 高兴的志愿军战士用机枪、冲锋枪打着叫着："打得好！""打得好！"坑道内一片欢呼声。

调整作战部署

在战役的第一阶段，志愿军拼死作战，对"联合国军"予以重创，但志愿军本身的伤亡也很大。

在这种情况下，秦基伟开始认真思索着：如果十五军拼光了，上甘岭也丢了，那又有何用？

经过反复考虑，秦基伟决定调整部署，暂停反击。在作出决定之后，他迅速接通了志愿军司令部的电话，请示道：

> 这种拉锯式的反复争夺，已进行7昼夜了，表面阵地失而复得，几次易手，战斗规模还将进一步扩大。我的意见是：暂停反击，前沿部队转入坑道，以小分队活动和对方周旋，把对方抓住，牵住他的牛鼻子。同时争取时间，调整部署，补充人员和弹药、器材，投入新的部队，为进行最后粉碎对方的进攻、恢复全部阵地的决定性反击做准备，创造条件。

邓华对战局进行了认真分析，他说："你们的意见是正确的。"

邓华还进一步指示：

目前敌人成营成团地向我阵地冲击，这是敌人用兵上的错误，是我歼灭敌人的良好机会。我们应该抓住这一时机，大量消灭敌人，继续坚持斗争下去，可置敌人于死地。

秦基伟在听取指示后，立即命令部队转入坑道作战。

同时，为了打好下一阶段的战斗，志愿军对作战部署进行了调整。

志愿军第三兵团决定由第十五军第二十九师接替第四十五师除597.9高地和537.7高地北山以外的全部任务。这样，第四十五师便可以集中力量争夺上述两高地了。

由第四十四师第一三二团接替第二十九师第八十七团原来在发利峰、王在峰地区的防务。

另将炮兵第七师一个营、炮兵第二师4个连和高射炮兵一个加强团补给第十五军。

由于在第一阶段的战斗中，上甘岭阵地上的志愿军兵员伤亡也很大，急需补充兵力，因而从第三兵团和第十五军抽调新战士1200余人补充到四十五师，又从机关、勤务分队抽调一批人员来充实和重建战斗连队，以确保充足的兵力。

十五军得到坑道坚守命令后，就于21日晚派一三四团二营教导员李安德率领军警卫连的79人和一三四团七

坚持坑道斗争

连的 17 人借着夜色的掩护潜入 597.9 高地 1 号坑道，传达了军师关于坚持坑道的作战决心，并成立坑道党支部，进行统一领导。

所有 1 号坑道里的部队都编入八连，由八连连长李宝成指挥。

接着在坑道党支部的领导下，对坑道进行了管理整顿，使得坑道部队形成了一个坚强的战斗团体，为战役的胜利奠定了坚实的基础。

22 日战斗再度打响，争夺的焦点就是 1 号坑道。美军对坑道口进行抵近射击，用炸药包对坑道进行爆破，向坑道里投掷手榴弹，甚至使用飞机对坑道进行低空俯冲扫射……

美军火力很猛，坑道口又窄，情况十分危急，李宝成立即召唤纵深炮火支援，用炮火制止美军对坑道口的破坏。

四十五师挥师再战

尽管在前几天的战斗中，坑道部队在战斗中彰显出巨大的威力，但坑道里的部队情况还是日渐恶化。

为了改善坑道部队的处境，四十五师决定于23日晚组织一三五团五连协同坑道里的八连实施反击，力争夺取1号、3号阵地。

23日这一天，刚到傍晚，"喀秋莎"火箭炮营对597.9高地的东北山梁子打了两个齐射。近千米的梁子，顿时成了一条灿烂的火龙。

可是山梁脊薄，宽不过50米。300多发威力甚巨的火箭弹，只有十几发落在山脊敌阵地上，远未能产生应有的摧毁效应。

步兵攻击却仍按原计划准时发起了。

八连在副连长侯有昌的率领下冲出坑道，从主峰向东北山梁一路打过去。

五连则从东北山梁顶端的2号阵地向主峰打。

五连是第一三五团战斗力较弱的一个连队。在一年半以前的朴达峰阻击战中，二营参谋长杜贵带领该连坚守广德山，连队麻痹大意，夜间连个警戒哨也未派出，结果被美军搞突然袭击，一下就损失了大半个连。

当时杜贵也慌了手脚，指挥剩余部队胡乱扔了10多

坚持坑道斗争

043

个手榴弹就撤了。3门迫击炮、2挺重机枪连同偌大一个山头阵地，一起都丢了。美军则由此一气揳入第一三五团与第二十九师的防御结合部，撕裂了第十五军的防线。

广德山是个险要之地，一丢就很难再夺回来。

其后，第十五军一次投入第四十五师和第二十九师的3个侦察连进行反击，仍未能将阵地收复回来。

为此，战后军里批评四十五师，崔建功批评第一三五团，团领导批评五连。层层批评下来，五连就再也没抬起过头来。

营参谋长杜贵和五连连长被一起撤职，押送回国。

杜贵自觉无颜再见江东父老，在回国的半道上，他乘押送人员不备，含羞跳进了清川江。

五连一仗失利，灰头土脸了一年半，这才有了上甘岭之战这么个重振的机会。全连上下同仇敌忾，那股气憋得肚脐眼都疼，发誓要在上甘岭打个翻身仗，一雪广德山之耻。

19日晚大反击时，五连被拆散了，一个排一个排地支出去，配属给兄弟连队。等反击完再将各排收拢回来，已损失得只剩20人了。那仗都打得很苦，也很顽强，但那是帮人家打的，没显出五连自己的战绩。

几天之后，团里给五连补入了60个兵，同时也给了他们配合八连反击597.9高地1、2号阵地的机会。

然而，战场上的机会像是颗极不安分的流星，稍纵即逝。

五连接受任务过于仓促，来不及熟悉597.9高地东北山梁的地形，当天便匆匆投入战斗。

在向高地运动途中遭敌炮袭，五连伤亡了近30人。他们接近第一个攻击目标，即2号阵地时，阵地上的美军像睡死过去一样，竟然没有半点声响。五连连长求功心切，不知其中有诈，将连队全部推了过去。

部队进至距离对方阵地10多米时，美军地堡群上的射击孔，像刚睡醒的狮子一样睁开了惺忪睡眼，10多挺轻重机枪突然同时开火。顿如狂风大作，疾雨骤至。五连仿佛被罩在从山脊上扣下来的火笼子里，一动也不能动了。只要一动，非死即伤。

半个多小时，五连没能摆脱险境。一个阵地也没拿下来，全连却损失了30多人，余下的10多个人被迫退出了战斗。

五连的失败，使八连失去了助攻的策应，陷入孤军作战的境地，大大增加了攻击的难度。

经过反复争夺9次，八连才攻下1号阵地，继而集中兵力进攻3号阵地。

美军乘八连移兵的时候，立即反扑上1号阵地。此时，八连仅余5人。

3时多，李宝成无可奈何地命令放弃反击，又重新退回坑道。

5天之内，八连第二次全连打光。

可是，五连比八连打光了还难受。机会，一次次如

坚持坑道斗争

流水一样从他们的指缝中漏了过去。

秦基伟在 3 时接到 597.9 高地反击战况后，心情沉重地在日记中写道：

> 在过去的多次反击中，一般是比较顺利地恢复全部或大部阵地。而今晚不仅战斗进展慢，而且占领对方驻守的阵地后，很快被对方攻了下来，部队的伤亡也更大。
>
> 我想这正是由于对方争取了几天时间做准备工作，构筑了工事和熟悉了地形。对方占据了我们某些较强的工事乃至坑道防炮洞等，这样就增加了反击的困难。

卫生员的第二战场

在战斗紧张的日子里，志愿军的白衣天使的工作压力丝毫不小于直接参战人员，他们把救治伤员也当成是一种战斗。

战斗期间，卫生员要对坑道里的伤员竭尽全力进行救护。有的花费一整天用棉花团去收集坑道角落的泥水，然后再用纱布过滤，最后烧开，为的是能让伤员喝上一口水。

有些卫生员在夜里跟随出击的小分队出坑道，捡拾照明弹上的降落伞、棉衣里的棉花和断了的枪管，回来做成绷带和夹板，为的是能替伤员更换包扎、固定断肢。

其中最有名的就是被评为特等功的一三三团二连卫生员陈振安，他在炮火连天，弹火如雨的战场上独自一人救下了 144 名伤员，并在坑道里精心护理受伤人员长达 10 个昼夜。

随着战斗的进行，阵亡者越来越多，坑道里的地方太小，只好把遗体在坑道的岔洞里叠起来放置，在这种情况下，卫生员又不得不绞尽脑汁去防止遗体腐烂。

令所有人惊奇的是，这些遗体在温度高达 30 摄氏度的坑道里存放了 14 天，竟无一具腐烂！这真是科学都无法解释的奇迹，活着的人只能用英灵地下有知来解释。

坚持坑道斗争

在救护伤员过程中，我们的白衣天使表现出了高尚的情操，其中最为人所称道的是女护士王清珍。

一天夜里，正当王清珍在巡回查护的时候，忽然从一个洞口传来低缓而又沉重的呻吟声，她急忙来到那张病床前，借着暗淡的煤油灯光，王清珍看到呻吟的伤员正是当天下午刚从火线上抬下来的一位姓曹的排长。

曹排长的脸色很不好，头上冒着细细的汗珠……

"同志，哪个地方痛？"

"我，我要……"曹排长欲言又止。

王清珍明白了："是不是要解手？大解还是小解？"

曹排长低声地回答："小解。"当王清珍把罐头盒拿来，想帮曹排长脱裤子的时候，他吃力地用手推了推说："这事就让我自个儿来吧！"

王清珍习惯性地转过身来，走到洞口。

"哎哟！"忽然传来曹排长的一声呻吟，王清珍闻声迅速回头一看，只见曹排长手一软，空罐头盒"叮当"一声掉到了地上。

她急步赶到床前，心痛地说："同志，我们死都不在乎，还在乎这点事干什么？还是我帮你吧！"话语之中，饱含着战争年代革命战友发自内心的关切之情。

洞里的伤员也不知什么时候都醒了，大家纷纷劝导曹排长：

"曹排长，你身体伤势太重，还是让她帮忙吧！"

"曹排长，你刚来不知道，我们好几个人都是靠她帮忙解大小便。"

在众人的劝说下，曹排长点了点头，可年轻的曹排长不好意思说自己尿不出来，王清珍以为刚才只是他翻身引起伤口疼痛，于是慢慢地替排长解开裤子，小心谨慎地将罐头盒接了上去。

曹排长再一次使劲，还是没有尿出来，伤口的剧烈疼痛使他禁不住又叫了一声："哎哟!"

王清珍这才明白了曹排长的情况。

原来，曹排长因腹部中弹，泌尿系统受到重伤，已不能自己控制排便。

她一摸曹排长的小腹，圆鼓鼓的，显然已经胀了很长时间，必须立即导尿，否则，就可能导致尿中毒甚至膀胱胀裂的生命危险。

王清珍迅速从值班室里找来了导尿管，涂上润滑油。

因膀胱的极度胀疼而无法自制的曹排长也不再推让，咬着牙一声不吭地配合王清珍的救护。

让人大失所望的是：导尿管塞进去了，尿液还是排不出来。

情况越来越严重，曹排长喘着粗气，头上的汗珠更多了，面孔也因痛苦开始变形，眼角还流出了泪水。

钢铁般的战士被子弹打穿肠肚、被炮弹炸掉胳膊时都很少哼叫，此刻却因不能排尿而被折磨得生不如死。

见此情景，洞里的其他伤员急得连连叹息，王清珍更是心急如焚、身如刀割，一时想不出任何法子。

坚持坑道斗争

正在这时，不知哪位伤员满怀歉意地说："要是我们哪个能够动一动就好了，用口吸也不能看着曹排长被尿活活地憋死！"

"用口吸？"王清珍顿时心里一亮，可马上又迟疑了，"自己毕竟还只是个 17 岁的少女啊！怎能……"

尽管在血与火的洗礼之中，王清珍已经作出了和平环境里的同龄人不能作出的牺牲，可是，对于一个年轻的女卫生员来说，用口替异性伤员排尿却是从来没有做过，也从来没有想过的事情，即便是在时时都有牺牲发生的战火硝烟中，也不可能把一个 17 岁少女灵魂深处的羞涩之感完全地洗去，她怎能不迟疑？怎能不犹豫？

然而看到曹排长被胀痛折磨得变形的脸庞，王清珍又怎能忍心眼看着死神把自己的战友从身边拉走，迟疑仅在一刹那间，她不顾一切地俯下身，含着导尿管，使劲一吸，一口、两口……尿液终于流进了罐头盒里。

烈士黄继光的遗体，也是由王清珍整理的。

在黄继光牺牲三四天后，收容所的 3 个女卫生员王清珍、官义芝、何成君和一名不知名的男战士瞅住战斗中间的间歇机会，一起把黄继光的遗体抬到收容所坑道旁边的小松树林子里来。

黄继光的遗体看上去好像是刚从冷库里搬出来一样，他的两手仍然高举着，保持着趴在地堡上的姿势，左肩上挎着挎包，右肩上挎着弹孔斑斑的水壶和手电筒。他的胸腔已被子弹打烂，弹孔似蜂窝一般，连肉都被带了出来，形成了一个很大的血洞。

由于血液凝固的时间过长，再加上天气十分寒冷，以至于血衣紧紧粘在他的身上而无法脱掉。

于是，王清珍和其他卫生员先将黄继光脸上的血迹洗干净，再用温水把血衣浸软，使衣服离开皮肤，然后，王清珍再用剪刀把血衣一块块地剪下来。

在给黄继光遗体穿新军服时，他那高高举起的双臂已经僵硬，让人怎么整也整不下来，这该怎么办呢？

4个女卫生员和3个男同志合计之后，便用铁丝吊着四五个小汽油桶烧水，用烫热的毛巾敷到第三天，整个遗体都软和了，四肢也能扭动了，他们才给黄继光穿上了崭新的中国人民志愿军军服，然后安葬了他的遗体。

王清珍的出色表现，受到志愿军官兵的广泛赞扬。她荣立了二等功，后来被授予二级战士荣誉勋章。

坚持坑道斗争

坑道斗争显威力

志愿军在地表战斗中虽然一再受挫，但是坑道作战却打得有声有色。

作为上甘岭战役中的一个突出的作战特点，坑道斗争贯穿着整个上甘岭防御战役。只是在不同时期发挥着不同户作用。

5月21日，战役的第二阶段开始，这就是最艰难的坑道斗争阶段。

志愿军在597.9高地共有3条大坑道、8条小坑道和30多个简易防炮洞。当时3条大坑道和5条小坑道都在守备部队控制下，其中八连进入的1号坑道是主坑道，位于1号阵地下，是最大的坑道，那条坑道呈"F"形，全长近80米，高1.5米，宽1.2米。

在1号坑道左右还各有一个岔洞，顶部是厚达35米的石灰岩，坑道的两个洞口都向北朝着五圣山方向。

"联合国军"虽然占领了表面阵地，但坑道仍然控制在志愿军手中，坑道里的志愿军随时可以与地面反击的部队里应外合，从而给"联合国军"造成极大的威胁，坑道成了"联合国军"的心腹之患。

坑道一日不除，"联合国军"便一日不得安生，因此20日以后的战斗就是以坑道为争夺焦点。

坚固的坑道工事，大大增加了志愿军阵地前沿粮、弹和其他物资的储备和第一梯队的防守力量，有效地削弱了对方优势装备的杀伤效果，较好地解决了志愿军有生力量的保存问题。

在此次战役中，上甘岭近 4 平方公里的山头被"联合国军"炮弹、炸弹削低两米，表面的岩石被炸成一米多厚的粉末，但是志愿军部队始终像钉子一样牢牢地扎在那里。

坑道为志愿军官兵提供了良好的庇护所，他们也以阵地为家，树立了牢固的长期作战的思想。

597.9 高地和 537.7 高地在出现坑道前，为避免对方炮火杀伤，只能以一个排防守。有了坑道以后，每处增加到一个连，使第一天的战斗就能抗击对方先后投入 7 个步兵营的连续冲击。

白天志愿军战士依托坑道与对方顽强作战，天色一黑，坑道部队就组织小分队出击，四下炸地堡、摸哨兵，搞得美军草木皆兵，夜不得宁。

在持续 43 天的上甘岭战役中，坚守阵地的志愿军指战员们凭着顽强与机智，逐渐形成了一套完整的、以坑道为依托的阵地防御战术。

在对方进攻时，志愿军依托坑道，顽强阻击；当对方占领表面阵地后，志愿军就坚持坑道斗争，钳制对方。

在对对方实施反击时，志愿军把第一梯队于前一夜秘密移动至坑道内，将坑道作为冲击出发阵地，以缩短

坚持坑道斗争

运动距离，减少对方炮火杀伤，取得反击的突然性，而且还可以在坚守坑道部队的配合下，夹击对方。因此，即使地面工事失守了，也不能视为整个阵地失守，上甘岭阵地始终处在志愿军的有效掌握之中。

志愿军战士利用坑道与对方反复争夺，迫使"联合国军"投入了更多的兵力和武器，从而达到大量杀伤、消耗对方的目的。

在反复争夺中，有的部队一开始把表面阵地丢了，心里很不好受。

后来把美军第七师打垮了，战士们才真正明白：有时放弃表面阵地是为了拖住对方，更多地歼灭对方军队。

表面阵地反复易手，对方来了又被赶走，赶走了又来。这样，志愿军对送上门来的"联合国军"反复攻击，不断地歼灭对方，积小胜为大胜，直到取得整个战役的胜利。

志愿军第一三四团第八连坚守在 597.9 高地 1 号坑道，与敌反复争夺 14 昼夜，志愿军大小反击 80 多次，共消灭"联合国军"1000 多人，缴获机枪 50 多挺，自动步枪、卡宾枪 606 支，给"联合国军"造成巨大的消耗，这对以后的反击作战起到了巨大的推动作用。

不畏艰难坚守坑道

由于"联合国军"备尝志愿军坑道战之苦，因此，他们挖空心思对志愿军的坑道进行破坏，这也给志愿军战士带来了很大困难。

由于白天抗击美军对坑道的破坏和夜间的主动出击，坑道部队平均每天有一个班的伤亡。为此，几天来崔建功一直抽调机关人员向坑道增援补充，一个连，一个排，甚至一个班不断地派出，师团两级机关几乎连勤杂人员都用光了。

24 日晚，秦基伟将军部的警卫连 96 人由连长、指导员带领，派往 597.9 高地 1 号坑道。

指导员王虏是秦基伟太行山时期的警卫员，跟随秦基伟长达五六年，多次在战场上冒死掩护过秦基伟。结果在通过上甘岭山脚下的炮火封锁区时，遭受到巨大伤亡，只有 24 人到达 1 号坑道。

牺牲的人中就包括王虏，这令秦基伟痛心疾首，十五军自成立以来，大小数百战，还从没用上军警卫连，初次上阵损失就这么大，直到战役结束秦基伟还痛心不已。

25 日，范佛里特来到美第九军军部主持部署调整，将受到重创的美第七师撤下战场，进攻 597.9 高地由南

坚持坑道斗争

朝鲜第二师接替；南朝鲜第二师右翼团的防务交给南朝鲜第六师，集中兵力攻击上甘岭；另将南朝鲜第九师调到金化以南的史仓里，作为战役预备队。

当晚，八连在夜袭中就发现了这一情况，随即向团部报告。

由于南朝鲜军战斗力和战斗意志远不及美军，志愿军并没把他们放在眼里，不料南朝鲜军第二师以东方人的思维和创造，对坑道的破坏比美军更毒辣，他们用迫击炮吊射坑道口；用毒气弹、硫黄弹熏；用巨石块堵洞口；用铁丝网缠绕成团堵塞通气口；从坑道顶部凿眼装炸药爆破……

美军忙了 5 天，一筹莫展，而南朝鲜军第二师才一天就将 2 号坑道炸塌了近 30 米，坑道里的四连被倒塌的土石压死 2 人，压伤 6 人。1 号坑道的两个洞口也被炸塌，只剩下碗口大小的透气孔，八连伤亡了 37 人才将洞口重新掏开。

四十五师立即将 4 门 75 毫米山炮前推，专门轰击破坏道口的对方。

对方的破坏还不是坑道部队最大的威胁，缺粮断水才是最严重的，美军对坑道部队与后方的交通线实行严密炮火封锁，使得坑道部队粮尽水绝。

火线运输员付出几条生命的代价才送进坑道一袋压缩饼干，但干燥至极的口腔和食道根本无法吞咽，饥渴成为最大的敌人。

在极端困难的条件下，最后终于有人打破羞涩，小心翼翼地提出可以用尿解解渴。

这一提议立即被响应，卫生员规定为保持体内的水分，每次只能一人尿，大伙轮着喝。李宝成带头端起盛尿的茶缸："喝，就当它是光荣茶嘛。"

这是以损害肾脏为代价的极端的求生之举，严重缺水的人所排泄出的尿液，经体内高度浓缩，味道也格外难闻。

李宝成说："那有什么办法呢，权当它是可以治病的药吧，喝一口能止渴。"

喝第一口时，那股怪异的尿味熏得大伙儿直皱眉头，几口下肚之后就不大在乎了，而且渐渐喝出了点小窍门：用毛巾裹上一包湿泥土，将尿淋上去过滤一下，然后再挤点牙膏掺和进去，这样异臭味便小得多了。

尿，成了生存的第一需要。

倘若该着谁尿，他的动作慢了，还会有人等不及地催促："叫你尿了我喝，你咋不尿呢？"

那个兵便急得直跳脚："我尿不出来你咋喝？真是的，怎么就尿不出来呢？"

可一段时间后，即便是尿也排泄不出了，若能尿出一点来，那还得保证先给伤病员们喝。

坑道里最受煎熬的要数那些无法转下高地的伤员了，坑道里连一滴酒精一卷绷带都没有，伤员只好任凭伤口发炎糜烂，全靠坚强的意志和自身的体质支撑着。

坚持坑道斗争

而且为了不影响战友的情绪，伤员都自觉强忍疼痛，一声不吭，很多伤员都用嘴紧咬着床单，有的至死嘴里的床单都没法拿下来！在整个战役里坑道坚持时间最长的是由丁鸿钧任班长的一三四团五连四班，他们是参加10月14日夜间反击来到597.9高地的，丁鸿钧指挥有方，在两天里打退美军多次进攻，毙伤敌150余人，自己无一伤亡。

后来因弹药耗尽，他们才于15日下午退守到2号阵地的一个只有15米深的小坑道里。

他们依靠夜间从阵地收集的弹药、两箱饼干和坑道里储存的两桶水，在坑道里坚持。

他们没有步话机所以无法与后方联系，后方也因此根本不知道他们的存在，但他们仍然在这个小坑道里坚持战斗。

美军一个连对这个坑道进行了多日破坏，但始终一筹莫展，最后只得在洞口架起三道铁丝网，筑起两个地堡，采取围困战术。

一直坚持到第十天，他们饥饿难耐，眼看再无法坚持下去，丁鸿钧就和班里的4名党员召开了党小组会，决定由丁鸿钧突围出去，到100多米外的2号坑道向上级报告他们的情况，听取下一步行动的指示。

丁鸿钧匍匐而行，进入2号坑道，经四连指导员赵毛臣批准，撤到2号坑道。

27日晚，在2号坑道四连部队的策应下，丁鸿钧和战士们突围而出，全部转移到了2号坑道。

丁鸿钧他们在2号坑道继续战斗，前后共达20个日夜，成为坑道坚持之最。

对方为巩固已占阵地，对我坚守坑道的部队采取了封锁、轰炸、爆破、熏烧、堵塞坑道口或向坑道内投掷毒气弹等残酷手段进行围攻。

我坚守坑道部队在极端困难的条件下，高度发挥不畏艰难、不怕牺牲的革命精神，团结一致，积极作战。

在一次战斗中，第十五军有16个连队的人员在表面阵地失守后退入一个坑道。

洞内空气污浊、缺粮、缺弹，尤其是缺水。

但是洞内人员在建制已被打乱，伤员又占多数的情况下，组织了临时党支部和党小组，克服了常人难以忍受的困难，直至最后胜利。

正当志愿军战士苦守坑道的时候，中国人民赴朝慰问团部分团员来到上甘岭，带来祖国人民对全体志愿军战士的亲切慰问，这给艰苦作战的志愿军战士以极大的鼓舞。

坚守坑道的指战员还专门给慰问团写了一封信。信中写道：

坚持坑道斗争

> 我们处在距敌50米，上下相持的情况下，也遭受了不少的困难，但是我们想了办法，发扬了艰苦的精神。为了保卫光荣的阵地，为了

保卫祖国，为了保卫世界和平，我们忍受和战胜了困难。

10天的战斗生活，是紧张而愉快的，我们不分昼夜地警戒对方和出击对方，前仆后继地战斗。如青年团员赖发均同志，在反击战斗中，连续负伤两次，不下火线，裹好伤口，继续战斗，打掉敌地堡一个，歼敌50多名，最后他光荣壮烈地牺牲了。又如班长崔含弼同志，负伤4次，仍在继续战斗，打退了对方5次反扑，歼敌38名，破坏对方火力点一个……

我们除了战斗以外，就是说笑和娱乐，谈着我们的胜利，谈着祖国的伟大，还唱着歌曲。我们的心情永远是愉快的，丝毫没有因被对方封锁和破坏坑道口而感到恐惧，因为我们知道任务的重大，明确战斗的意义，坚信我们一定胜利。

我们的战士是这样说的，也是这样做的。

炮兵部队协同作战

坑道部队所面临的巨大困难，牵动了全体志愿军官兵的心。

坑道能否保得住，直接关系着阵地的得失，军首长指示炮兵部队：以近距离纵深炮火支援，粉碎对方逼迫破坏坑道的企图，协同坑道内的步兵外出反击。

炮兵指挥所立即进行部署，并给实施支援的炮兵部队明确分工：

在597.9高地方向，炮九团九连以野炮2门直接瞄准射击，保障第2、8号坑道口的安全；第四十五师山炮营以2门山炮直接瞄准射击，负责保障主峰大坑道的安全；步兵第一三五团属迫击炮18门除补充以上火力外，负责保障其余坑道口的安全。

在537.7高地北山方向，炮九团野炮2门，负责保障主峰大坑道口；第四十五师山炮营以山炮2门，负责保障第2、6、9号坑道口的安全；步兵第一三三团属迫击炮11门除补充以上火力外，还负责保障1至8号坑道口的安全。

坚持坑道斗争

实施该任务的火炮，主要以迫击炮和推前的山、野炮为主。因为这些火力阵地靠近前沿，射击距离近，能直接观察。

具体区分是：

山、野炮或无后坐力炮、火箭筒以直接射击控制向我倾斜面之坑道口，破坏封锁我坑道之敌和火力点；迫击炮阻止与杀伤向我坑道附近运动的敌军，并以火力控制阵地侧方及遮蔽的坑道口部，必要时以榴炮担负；榴炮、加农炮负责压制封锁我坑道口的对方迫击炮和 12.7 毫米机枪，必要时压制对方榴炮火力。

为了配合坑道兵作战，志愿军炮兵部队在战术运用上作出如下规定：

当我坑道内步兵潜出坑道反击时，我配置在纵深的炮兵，要以榴炮火力袭击对方之无后坐力炮，以山炮摧毁我坑道口部之敌地堡和发射点，以六〇炮打散坑道周围监视之敌，保障步兵出坑。

炮火准备的时间，要考虑到坑道口的形状，以及战士体力削弱，出坑道后要整理队形等，根据具体情况一般最少需 7～10 分钟，以免火力和冲锋脱节。

我反击成功后，坑道内二梯队要继续外出投入战斗，或我二线部队向坑道屯集，故对敌封锁坑道口的火力点，仍应以火炮专门负责破坏或压制，以防敌火力点复活或暗藏新设火力点危害我步兵。

反击失利时，应以火力支援部队退守坑道，提防对方争先或尾随我步兵突入夺我坑道。

为了密切协同，炮兵指挥员除直接观察指挥射击外，还要和步兵营、团指挥所取得联系。

在敌施放烟幕迷雾时，炮兵部队可根据坑道内的要求进行射击。有时以步话机收听坑道内呼唤火力，不等步兵营、团指挥员的命令，炮兵就可以进行射击。

炮兵部队如此细致的支援计划，极大地鼓舞了坑道部队的战斗热情。

他们以积极的战术反击袭扰占领表面阵地的"联合国军"，从 10 月 21 日至 29 日，坑道部队共组织班组兵力出击 158 次，歼敌 2000 余人，恢复阵地 7 处。

每当对方围攻上来企图报复时，坚守坑道的志愿军部队只需呼叫：

张庄！张庄！我是李庄！我是李庄！苍蝇

坚持坑道斗争

蚊子爬到门口了，快来扫扫！

这样的暗语，不到两分钟，一发接一发的炮弹就会从五圣山前后呼啸而至，炸得对方前倒后翻。

一向迷信大炮的美国大兵，后来一听见志愿军的炮弹飞来，就吓得抱头鼠窜。

高兴的志愿军战士用机枪、冲锋枪打着叫着：

打得好！

打得好！

坑道内一片欢呼声。

坑道部队的顽强坚守，为决定性反击赢得了 10 天的宝贵时间。

经过精心准备，反击条件逐渐成熟。

10 月 27 日，志愿军第十五军召开步炮指挥员作战会议，确定了作战方针：

集中力量，先西后东，先反击 597.9 高地，巩固后再反击 537.7 高地北山。

此时的"联合国军"在我地表部队的攻击和坑道部队的袭扰下，已呈现疲惫状态。

10 月 25 日，遭受严重打击的美第七师被撤出整补，将防御上甘岭两阵地的任务全部交给了南朝鲜军第二师，并调南朝鲜军第九师为预备队。

美军这种抓南朝鲜军当替死鬼的做法，激起了南朝鲜军的极大愤慨，他们破口大骂美国人不讲道义。

与之对比，志愿军则兵力充足，士气旺盛。

早在10月20日，志愿军首长就以第十二军第九十一团、第三十一师配属第十五军指挥，第三十四师也做好了参战准备。

为给主攻部队创造条件，志愿军炮兵进行了一系列先期火力打击：

23日和27日，两次统一组织对注罗峙、立石、杨谷、松洞之间地域的南朝鲜军炮兵实施火力压制，摧毁南朝鲜军105毫米口径以上火炮9门，迫使抵近我防御阵地的南朝鲜军火炮向后大幅度转移。

28日和29日，组织无后坐力炮对主峰1、2、3号阵地暴露的南朝鲜军地堡群进行破坏射击，摧毁南朝鲜军工事达10%。

30日12时至17时，以直接瞄准的山野炮和推前的122毫米榴弹炮一个连，实施了突然的间接火力准备，对南朝鲜军地堡群破坏达70%，为阻止对方修复工事，还以迫击炮进行了监视射击。

坚持坑道斗争

前仆后继向坑道运送补给

为解决战斗期间的军需物资的补给问题，志愿军后勤部队及其第二分部给予了大力支持，他们把4个汽车连队全部投向上甘岭，在"一切为了前线，一切为了胜利"的口号下，第十五军又抽调大量人员组建补给队，在较短的时间里，突击抢运了大量物资。

后方时刻关注着坑道部队艰苦卓绝的坚持状况，因为只有坑道部队的坚持才能消耗对方，赢得准备反击所需要的宝贵时间。

秦基伟千方百计、不惜一切代价组织向坑道运送物资，火线运输员一批接一批，前仆后继向坑道运输。

在整个上甘岭战役期间，火线运输员的伤亡率高达90%，甚至超过了坑道部队的伤亡率。

在通往上甘岭两个高地的山路上，洒满了火线运输员的鲜血，大量的物资也因此损失在路上，送进坑道的微乎其微。

由于饮用水难以运输，只要容器中弹就极易流失，所以主要运送的是既能解渴又能充饥的萝卜。

一直到第九天，也就是28日夜，运输连指导员宋德兴和两个火线运输员才冲过了炮火封锁，将3袋萝卜和一些慰问品送进了1号坑道，那个夜晚简直就是八连最盛大的节日。

但萝卜上火，多吃难受，所以坑道部队建议送苹果。

于是十五军连夜从后方紧急采购了3万多公斤苹果，秦基伟等军、师首长也以个人名义出钱购买，并在苹果筐上写上自己的名字，派人送往坑道，以表示对坑道部队的关心。

但封锁坑道的美军炮火实在太猛了，大筐苹果难以送上去，为此十五军政治部专门下令：

凡送入坑道一筐苹果者记二等功！

要知道在战役进行中，即使是一线部队，包括黄继光等烈士也都是先报功，一律等战役结束再行评定，因此这个二等功完全称得上是重赏了。

可仍没有一筐苹果送进坑道，最后送进1号坑道的只有一个苹果！

10月31日下午，师部运输连战士在向坑道运送弹药给养时，特地弄来汽油桶盛满水，牢牢捆在背上，前往537.7高地北山靠近八十六团阵地的一处前沿坑道。

在那里，南山是对方阵地，北山表面阵地也被对方占据。

他们刚接近北山，就遭遇对方疯狂的火力拦截，全班同志只剩下一位19岁的名叫刘明生的运输员，而且肩部负伤，捆绑在背的那个盛水汽油桶也多处穿洞，里面

坚持坑道斗争

的水点滴无存。

刘明生还背着两箱手榴弹，他冒着"联合国军"的炮火，朝1号坑道前进。

这时，在刘明生身上还带着一个苹果。在经历了艰苦跋涉后，很明显他已经很渴了，但他却舍不得吃掉这个苹果，他要将这份珍贵的礼物送给坚守在1号坑道的战友们。

最终，他坚持爬进了坑道，望着眼前的几个大汉，却不知道该将这个苹果送给谁了。最后，他将这个苹果交给了连长张计法去处理。

连长面对这位小战士的"厚礼"很是感动，然后他将苹果送给了步话员，说他一天到晚联络喊话，嗓子已经干哑得说不出话来，请他滋润嗓子。

步话员想到最艰苦、最迫切需要饮水的是同对方生死搏斗的战士，而战士想到的是伤员，伤员想到的是艰辛护理他们的卫生员，卫生员想到的是连长。就这样，一个苹果推来推去，谁也没有吃上一口。

后来，连长无奈地发挥"带头作用"，咬下一小口，并下达命令，才一人一口传着吃。坑道里的8名战士轮流吃了两遍，才将这个苹果吃完。

这就是后来电影《上甘岭》中一个苹果的故事的原型。

在坚持坑道斗争中，由于炮火的轰击和战斗的需要，坑道口也就不得不时常变动，这显然也给运输队寻找坑道口增加了重重困难，很多运输人员就是在寻找坑道口的过程中，献出了宝贵的生命。

有一个坑道坚守11天还没有得到必要的补给，缺水、缺粮、缺弹药的情况十分严重，各级指挥员也焦急万分。但阵地被对方轰炸得变了样子，几次派人前去，都因找不到坑道口无功而返。

后来，专门派副班长刘树仁、王元和及李澄洁继续完成这个任务。

但在寻找坑道口的过程中，王元和中弹牺牲了，李澄洁也受了重伤。但他平静地对刘树仁说："快去完成任务吧！不要管我，我会爬下去的！"刘树仁只好含着眼泪答应了。

刘树仁爬来爬去寻找坑道口，但迟迟没有找到。正在犹豫之际，忽然听到有人轻轻地吹口哨，接着又轻轻地喊："送弹药的这里来！送弹药的这里来！"

刘树仁在兴奋之际，却无意中发现了对方的头上戴有钢盔，又联想到对方的中国话说得很别扭，终于恍然大悟，原来是个狡猾的鬼子！

刘树仁又进行了仔细的观察，不久，他发现了一块黑乎乎的地方，爬过去一看，果然是我志愿军的坑道口，物资终于送到了志愿军战士手中。

坚持坑道斗争

积极策划全面反击

早在志愿军开始转入第二阶段战斗时，就已在紧张地进行对"联合国军"实施决定性反击的准备工作。

10月20日，第三兵团决定将从一线阵地撤出、正准备休整的第十二军调往五圣山地区作为战役预备队，并以第十五军二十九师接替第四十五师除597.9高地和537.7高地以外的全部防务，以使第四十五师全力投入上甘岭作战。另将炮七师一个营、炮二师4个连和高射炮兵一个团加强给第十五军。同时还给第四十五师补充了1200余名新兵。

但10月23日的反击却令人遗憾地遭到了失败，这就迫使志愿军重新进行战略部署。

10月25日，十五军召开军、师两级军事主官和炮兵、工兵指挥员的联合作战会议，志愿军再次部署全面反击方略。

为使部署更加周密，以使反击取得最终胜利，志愿军第十五军在10月25日召开作战会议，与会者包括各参战部队的负责人。

秦基伟在会上认真分析了敌我形势，详细总结了上一段表面作战的经验教训，同时对第二阶段的作战方略进行了认真研究。

秦基伟等人经过分析认为，坚守阵地的人员太少，没有后续部队的源源投入和弹药的充分供给，难以击退对方连续不断的进攻，这是恢复阵地容易，坚守阵地困难的主要原因。

阵地表面工事被摧毁，地上缺少可供隐蔽之物，加上炮弹缺乏，减弱了志愿军连续攻击力。另外，志愿军战术单一，容易被对方掌握，当志愿军进行炮火延伸时，敌方也已做好反冲击准备。以上问题，都是志愿军在今后作战中应当注意的。

当时，与会者一致认为597.9高地地势险要，该高地的得失是上甘岭战役胜利的关键，应集中兵力先对597.9高地实施决定性反击，力求全力恢复表面阵地，反击成功后争取巩固，然后再争夺537.7高地。

会上还决定二十九师师长张显扬率领八十六团和八十七团，投入上甘岭作战。

西方山方向的四十四师则和加强给该师的二十九师八十五团，对防区正面实施反击，钳制当面之敌，配合上甘岭方向的战斗。

同时，还动员军、师机关勤杂人员，担负40公里山路的火线运输。

并从二十九师抽调3个营抢运弹药、物资，保证反击的物资需要。

四十五师则坚持提出不使用二十九师，单靠自己师组织力量实施反击。他们这一想法的出发点是在我们手

坚持坑道斗争

里丢失的阵地，要凭我们的力量夺回来。

但军长秦基伟要搞的是决定性反击，不是零敲碎打的小反击，不恢复阵地绝不停止！他完全估计到了战斗的残酷，预见到不仅要用上二十九师，还极可能要动用配属给十五军的十二军九十一团。

在上甘岭的战斗已发展成战役规模，十五军已无力继续下去，这不仅要用到十二军三十一师九十一团，还将会使用到九十二团。

志愿军总部也根据战场发展及时调整作战方案，原定 10 月 22 日结束的秋季战术反击，延长至 11 月底。

命令十五军左右邻的第三十八军、三十九军、四十军、六十五军、六十八军在各自防区的正面发动攻击，策应上甘岭战斗。

十五军则利用坑道部队消耗吸引对方，赢得调整部署的时间，然后组织决定性的反击，以便从根本上扭转战局。

同时鉴于美军第四十师、第三师已分别到达芝浦里、铁原地区，极有可能接替现有兵力扩大作战规模，而十五军连日作战消耗已很大，纵深守备兵力空虚，于是将部队从金城地区后撤。

正在开往后方休整的第十二军原休整计划予以取消，转往五圣山地区，作为战役预备队，视战斗情况投入战斗。

志愿军后勤部负责保障供应，以每门炮 500 发炮弹的标准，准备 11 万发炮弹，组织运力昼夜抢运。

总部后勤部留作机动的两个汽车运输连也投入上甘岭的物资运输，对十五军的需要，全力保证。

从 28 日开始，十五军就以无后坐力炮对 597.9 高地的防御工事实施预先破坏射击，再以迫击炮轰击阻止美军修复工事，为 30 日的大反击创造条件。

这时，537.7 高地上的一三三团，也在军、师的几乎全部炮火都已转到 597.9 高地的情况下，为配合大反击，不断组织进攻。

至 30 日，该团已经没有一个完整的建制连可投入战斗，仍以一个排甚至一个班，不停顿发动进攻，牵制着对方在 537.7 高地的力量，使其无法抽调兵力增援 597.9 高地。

此时，我第四十五师人员物资消耗较大，暂时无力组织较大的反击。

为进一步坚守和实施反击创造条件，第四十五师奉命重点转入坚守坑道作战，以争取时间，为进行最后粉碎对方进攻、恢复全部阵地的决定性反击做准备。

10 月 29 日，志愿军实施决定性反击的准备工作就绪，并已进行了两天的预先火力准备，将敌占表面阵地工事基本摧毁。

从 21 日至 29 日，坑道部队夜间主动出击达 158 次，其中仅 9 次失利，其余均获成功，累计歼敌 2000 余人，从而大量消耗了对方的实力，并极大破坏了对方阵地的

坚持坑道斗争

稳固。

与此同时，纵深部队为支援坑道部队，先后以 2 到 5 个连不等的兵力对 537.7 高地组织过 7 次反击，曾 3 次夺回了全部阵地。

在 597.9 高地，以两个班到 9 个排的兵力组织过 5 次反击，曾一度占领主峰。

这些反击，都使坑道部队得到了物资和人员的补充，增强了坑道的力量，为大反击创造了有利条件。

三、反击取得胜利

● 南朝鲜军将领说:"中国志愿军真是太狡猾了!"

● 李长生决定先发制人,对美军一八七团实施炮火急袭。

● 秦基伟当即决定乘此天气,敌机无法出动的有利时机,提前两小时发起攻击。

部署全面反击

经过第二阶段的作战，志愿军以坑道为依托，不断与"联合国军"作战，大量消耗了对方的力量，反击的时机逐渐趋于成熟。

在大反击就要开始的日子里，整个上甘岭前线都活跃起来了，战士们怀着无比兴奋的心情期待着这一时刻的到来。

全体指战员都明白：这次反击的胜利，将意味着被对方称为"金化攻势"的彻底破产。

炮兵师副师长唐万成正在思索着战斗中可能出现的各种复杂情况，第十五军军长秦基伟突然打来电话，对炮兵作战提出很多具体的指示。

按照首长的意图，唐万成把各个炮群的火炮部署位置又向前推进了一步，这样就可以更精确地打击对方。然后唐万成又到一个炮兵营地上和士兵谈话，鼓舞士气。

美军占领 597.9 高地表面阵地后，随即调来了工兵营和南朝鲜军的劳工营，日夜不停抢修工事，共修筑了 70 多个预备火力点，部署了 14 门无后坐力炮和 65 挺重机枪，构成了完整的火力配系。

南朝鲜军第二师接防后，在一般情况下最多容纳两个连的高地上部署了整整 4 个连，还在高地南侧的反斜面部署了两个连，作为向纵深的反击力量。

这样的防御无论兵力还是火力，绝对是绰绰有余了。

10 月 30 日 12 时，十五军以 133 门大口径火炮和 30 门 120 毫米重迫击炮，向 597.9 高地实施猛烈的炮火射击，炮击持续达 4 个多小时，日落时分才沉寂下来，南朝鲜军唯恐志愿军乘机发动攻势，立即爬出隐蔽部抢修被毁的工事。

不料一个半小时之后，十五军的炮火又突然开火，对高地进行了 5 分钟的炮火急袭，接着开始炮火延伸。

南朝鲜军以为志愿军攻击迫在眉睫，急忙进入阵地准备迎战。

谁知志愿军的炮弹猛然又回落在高地上，南朝鲜军刚好被打了个正着，经过这么几次真假延伸射击，防守高地的南朝鲜军已经伤亡过半了。南朝鲜军将领说："中国志愿军真是太狡猾了！"

22 时，火箭炮团 24 门火箭炮进入阵地对敌纵深炮兵阵地和二梯队集结地区实施面积射击，几乎完全压制了敌纵深炮火。

这是志愿军历史上第一次大规模的炮战，取得了预期的效果。它体现了志愿军的炮兵经过连日的战火考验，终于逐步成熟，志愿军对炮火的运用走向合理精熟。

此时，志愿军与美军在火炮数量上的对比从战役初期的 1 比 10 缩小到 1 比 4，志愿军在炮火的组织指挥上更是有了长足的进步。其主要表现如下：

反击取得胜利

第一，将所有火炮按射程远近分为5个炮群，采取二线分散配置，由军炮兵指挥所统一指挥。

第二，制定了统一的阵地分区代号，以便迅速精确进行射击。

第三，坑道与炮兵指挥所直接建立联络，使坑道部队可以随时召唤炮火支援，并为炮火校正目标偏差。

同时，还根据各型火炮性能的不同情况，赋予其不同的使命：

> 榴弹炮、加农炮负责压制敌炮火，摧毁敌工事，打击敌二梯队；火箭炮采取面积射击主要杀伤敌纵深炮火和有生力量；迫击炮机动使用，主要拦截敌集团冲锋，射击其他火炮难以打击的死角。

十五军的步炮协同日渐完善，美军在上甘岭伤亡的70%是被志愿军炮火杀伤，这就是炮兵在战役中发挥的巨大作用。

10月30日22时25分，四十五师和二十九师出动11个连，其中坑道部队3个连，发动了决定性反击。

战斗异常激烈残酷，一个排往往一次冲锋就所剩无几，但部队仍一个连接一个连前仆后继，冲锋一浪接一浪，一路猛攻。

一三四团六连攻下9号阵地后只剩下4个人，随即就被南朝鲜军夺去，后面的七连紧接着再攻，没有半点踌躇犹豫。

配属八连的六连二排在向主峰 3 号阵地攻击中，尖刀班只剩下班长吕慕祥，他已 5 处负伤，仍向主地堡爬去，爬到地堡边却因手臂负伤扔不动手雷，他拼了最后一口气，扑上地堡，拉响了手雷！

由于巨大的伤亡，战斗中干部倒下，战士就一级一级往上补，先任命战后再补批。

正如在战前作战会议上所强调的，要有巨大伤亡的准备，每个战士不仅要准备当班长、排长，还要准备当连长、营长。

果然，就有参军 3 个月的新战士 10 多天后就当上了连长，因为比他资历老的战士都牺牲了，自然非他莫属。

经 4 个多小时的激战，10 月 31 日凌晨 2 时许，一三四团七连终于击退了南朝鲜军的反扑，守住了主峰 3 号阵地。

至此，反击告一段落。

尽管没有恢复所有阵地，但主峰和 1 号、7 号、8 号、9 号等主要的阵地都已夺回。南朝鲜军担任守备的 4 个连，全部被歼灭。

10 月 31 日天刚亮，南朝鲜军二师三十一团和埃塞俄比亚营就联合发起攻击，反击部队顽强防御，又是整整 7 个小时的恶战。

在这次战斗中，南朝鲜军三十一团几乎损失殆尽，

反击取得胜利

完全失去了战斗力，直到战争结束再也没能恢复元气。埃塞俄比亚营也付出了极大代价，伤亡过半，597.9 高地主峰依然在我十五军手中。

星夜赶来督战的美军第九军军长詹姆斯少将见到部队的伤亡如此惨重，只得下令停止进攻。

至此，反击部队历经 9 个半小时的激烈战斗，终于巩固了 597.9 高地主峰。

在这 9 个半小时的战斗中，十五军创造了在上甘岭战役中弹药日消耗量的最高纪录：子弹 30 余万发，手榴弹和手雷 3 万余枚，爆破筒 260 根，炮弹 2.1 万发。

到 31 日夜，除 1 个班的阵地外，597.9 高地全部为志愿军收复。

以 10 月 30 日夜开始的决定性大反击为标志，战役进入了恢复巩固阵地的第三阶段。

重创敌方精锐

经过两天的对敌反击作战，秦基伟对战争形势越来越乐观，他认为如果战局照这样发展下去，美军的失败将不可避免。

秦基伟还根据当时形势作出判断：美军除了动用南朝鲜军第九师外，由于其后备兵力短缺，没有足够的第二梯队，要么主动结束战斗，要么就只有使用第一八七空降团了。而一八七空降团投入战斗，只能更加暴露其兵力上的严重不足。

11 月 1 日，美军和南朝鲜军的炮火猛烈程度仅次于战役第一天 10 月 14 日，美第九军调来了南朝鲜军的精锐部队第九师的三十团。

该团曾经在白马山顶住了志愿军头等主力三十八军五个团整整 10 天的强攻，为南朝鲜军第九师赢得了"白马师"的称号。

南朝鲜军三十团在猛烈炮火掩护下，兵分四路向597.9 高地猛攻。该团的战斗力确实较强，当天 15 时许，有两个排攻上了主峰。

但还没等他们喘口气，就被四十五师的守备部队赶了下来。

南朝鲜军三十团攻了一整天，总共发动了 23 次营连规模的集团冲锋，伤亡 1500 余人，毫无收获，只能狼狈撤退。

十五军正打得兴起，哪能就这样便宜他们！当晚志愿军第二十九师八十六团的两个连发起反击，将 597.9 高地其余阵地全部恢复。

但在这一天的战斗中，四十五师的伤亡也不小，守备部队的兵力少到只能控制 5 个阵地了。

秦基伟只得将调归其指挥的十二军三十一师的九十一团八连调上 597.9 高地，接替四十五师无力再守的 7 个阵地，从这天起，十二军的部队开始参战。

11 月 2 日，正如秦基伟判断的，范佛里特将一八七空降团投入了战场。

一八七空降团是美军最早组建的空降部队之一，原番号为第八十二空降师的第五〇五团，在"二战"中参加过欧洲战区的西西里岛、诺曼底、萨勒诺、阿萨姆等多次重大战役的空降作战，战功卓著。

1944 年又调往太平洋战区，参加对日作战，番号改为一八七团，隶属于第十一空降师，可惜只赶上了菲律宾战役的阿加山口空降作战，还来不及大展身手，战争就结束了。

朝鲜战争爆发后，原准备在仁川登陆中使用，但因种种原因到达朝鲜时，仁川登陆已结束两个多月了。

随后 1950 年 10 月 20 日在肃川、顺川地区，1951 年 3 月 22 日在汶山里地区两次实施团规模空降，但都由于时机稍晚而扑空。

然后一八七空降团一直作为美第八集团军直接指挥的机动力量，现在范佛里特却将其作为普通的步兵团投入上甘岭。一方面表现出范佛里特孤注一掷的疯狂，另一方面也表现出美军缺乏后备兵员的致命弱点。

该团一上阵，就让十五军感到非比一般，无论它的装备、攻击队形，还是战术运用，都是首屈一指的。

一八七空降团官兵全部身着新型防弹背心，手持自动武器，攻击时先施放烟幕弹，以班排为单位的小股部队先进行试探进攻，在探明对手兵力、火力后，再在密集的炮弹射击掩护下，发动连、营规模的冲击。

它的攻击队形先是由经验丰富的老兵组成突击队，中间是由重机枪、无后坐力炮等火器组成的火力队，最后是二梯队集群，层次清晰，具有较强的攻击连续性，一旦攻击不成，便退回出发阵地，摆放对空指示布板，引导空中火力支援，然后再进行攻击。

此时的十五军也已是久经考验了，步炮协同近乎完美，一八七团好几次都还没接近主峰阵地，攻势就被纵深炮火所粉碎。

但一八七团毕竟是一支训练有素的精锐之师，战斗力比一般部队强得多，士气也高，攻击依然一浪接一浪。

直到 16 时，一八七团费尽九牛二虎之力，终于攻占了 10 号阵地。但志愿军九十一团八连随即就有 10 多个战士跟着炮弹的弹着点冲了过去，一阵物榴弹，又把阵地

反击取得胜利

夺了回来。

17时许，在志愿军1号阵地上只剩下两个伤员了，九十一团八连派出了一个3人战斗小组前去增援，经过一番苦战，才将对方打退，可志愿军战士也只剩下了朱有光和王万成两人。

他们刚要整修一下工事，美军又蜂拥而上，负伤的朱有光一跃而起，冲入对方阵营，拉响了爆破筒。

爆炸的硝烟还未散去，王万成也抓起爆破筒扑向另一群美军，他就是日后影片《英雄儿女》中主人公王成的原型。

这天配合美军进攻的南朝鲜军损失也非常惨重，仅先锋连就死了31人，伤84人，几乎全连覆没。

18时许，天色全黑，美军和南朝鲜军的进攻方才停止了，但依然寸土未得。

这天，十二军九十一团团长李长生来到上甘岭，他发现高地上有着达10个连的建制部队，这很容易在战斗中发生各自为战的情况。

为避免多建制所引起的指挥混乱，他指挥九十一团9个连采取"车轮战"。

"车轮战"规定：志愿军以连为单位，一个连一个连地投入战斗，每个连不管伤亡如何，一律只打一天，就撤下来休整，连长则留下来，作为后一个连长的顾问，如此类推往复。这样不仅避免了指挥上的混乱，也使各连都保存了一批骨干。

11月3日，九十一团七连接替八连投入作战，这天战斗非常激烈，七连的伤亡很大，形势十万火急，运输弹药的八连炮排见到这种情况，便主动加入了战斗。

但到了15时许，七连加上八连的炮排也打得所剩无几了，原定第三天参战的九连看到兄弟连损失惨重，也开始以两个班为单位，一批一批向上增援。

11月4日，李长生仔细分析了在这几天与美军作战的情况，发现美军每天的攻击都是早上8时开始。于是，他作出了一个十分睿智的判断，他认为在对志愿军发动攻击之前，美军肯定是在某处集结，如果能找到美军的集结之处，就能出其不意地对其加以致命的打击。

想到此处，李长生叫来了最精干的侦察分队，派他们连夜前去侦察。

这些侦察兵果然不负期望，终于在4时发现美军的攻击部队正在597.9高地南侧的一片树林里集结。

李长生决定先发制人，对美军一八七团实施炮火急袭。

4时30分，志愿军火箭炮团24门火箭炮按照侦察兵所报告的方位进行了齐射，美军的攻击部队遭到了沉重打击，伤亡惨重，只得重新组织兵力。

美军这天的进攻直到中午12时才开始，而且攻击强度明显减弱。

11月5日，十二军三十一师全面接过597.9高地防务。九十一团几天战斗只剩下一个连没有参战，当晚九

反击取得胜利

十三团的一个营投入了战斗，三十一师的后续部队也逐步进入战斗。

当天的战斗南朝鲜军以第二师三十一团主攻，三十团以一个营担负助攻，但在志愿军顽强抗击下，徒有伤亡，于 15 时就草草结束了攻击。

在这天的激烈战斗中，志愿军战士中出现了著名的孤胆英雄胡修道。

胡修道是九十一团的一名新战士，从 11 月 5 日拂晓起就战斗在 597.9 高地的 3 号阵地上，在连续打退南朝鲜军 7 次冲锋后，全班只剩下胡修道和滕土生两人了。

中午开始，南朝鲜军加强了攻击，火力越来越猛烈，滕土生以及后来增援的两名战士全部阵亡。阵地上只剩胡修道一人，而且还负了伤，但他毫不畏惧，裹伤再战。

从拂晓至黄昏，胡修道和他的战友先后击退南朝鲜军从一个排到两个营规模总共 41 次进攻，而且寸土未失。其中仅胡修道一人就毙伤南朝鲜军 280 余人，创造了孤胆作战的光辉典范。

同日，中朝联合司令部通令嘉奖十五军。十五军迅速将这一嘉奖令印发成号外，散发到每个阵地，以激励士气。

战况出现反复

11月8日，九十二团到达上甘岭，秦基伟只给了3天的准备时间，让李长林于11日发动反击。

李长林向秦基伟反映说："部队刚经过长途行军，没有弹药，不熟悉地形，三天的准备时间太短，反击恐怕难以奏效。"

秦基伟随即表示：在537.7高地坑道的部队已经断粮断水10余天，情况异常危急。而且，再拖延下去，南朝鲜军的阵地将会进一步得到巩固，到时候反击的困难将会更大。

自从10月29日的反击开始后，一三三团已有4个连进入537.7高地，经过激战后仅剩24人退守7号坑道，由于随后十五军全力集中于597.9高地，对7号坑道11天中没有任何支援，其中17人冻饿而死，余下的7人于8日凌晨突围。

秦基伟在获知这个事情后，感到很是愧疚。

李长林了解到这种情况后，再也无话可说，只得克服一切困难，加紧进行反击准备。

为了确保反击的胜利，李长林决心以九十二团最精锐的红军连一连的一个排于反击之日前一晚秘密潜伏在高地下，实施中心突击。另外，以三营兵分两路，对高

反击取得胜利

地实施两面夹击，形成向心攻击之势。

11月11日，原定反击时间为18时，天公似乎也在有意配合志愿军的作战计划，中午过后，天气突变，雨雪交加，能见度很低。

秦基伟当即决定乘此天气，敌机无法出动的有利时机，提前两小时发起攻击。

但一连的尖刀排已经潜伏在高地下，为隐蔽起见既没有携带无线步话机，又没有架设有线电话，无法通知。九十二团团长李全贵只得临时改由原担任二梯队的一连三排担当突击任务。

时间就是胜利，我十五军迅速调来火炮近百门，只听一声令下，上百条火舌一齐射向对方阵地。

在这次炮击中，志愿军共发射炮弹万余发，创造了战役期间每小时发射炮弹的最高纪录。

炮火准备刚停，九十二团的一个营又两个排就冒着纷飞的雨雪发起了进攻。

由于几十天的激战，537.7高地的地形完全被炮火打得变了形，而九十二团担负攻击的连、排长战前也只是在1000多米外看过537.7高地朝北一侧的地形，对高地的地形极不熟悉，好多班排都把自己的攻击目标搞错了，但凭借着出色的单兵作战技巧和小部队作战经验，即便在如此混乱的情况下，仅一个多小时就完全占领537.7高地，实现了与坑道部队会合的目标。

秦基伟立即命令抓紧抢修工事，准备迎击对方反扑。

11 月 12 日清晨，南朝鲜军第二师三十二团就开始了反扑，该团在整个战役期间因为伤亡巨大，总共进行过 3 次整补。

由于南朝鲜军自 1952 年起在美国的支持下组建了新兵训练所和陆军训练中心，所有新兵都必须经过 9 周的军事基础训练才可编入部队，而班排长都必须经过训练中心严格培训才能任职，所以战斗力比战争初期有了较大幅度的提高，即使是刚补入部队的新兵也都因为经过最基本的军事训练具有基本的作战技能。

而反观志愿军一方，补充的新兵几乎都是刚入伍的，连最基本的瞄准射击、投弹都还是在行军路上突击学习的，其战斗力自然无法与南朝鲜军的新兵相提并论，因而部队的战斗力日渐衰竭。

此时，537.7 高地的防御态势也极为险恶，坑道因多日炮火轰击而大都倒塌了，临时抢修的一些简易野战工事，根本承受不起炮火的轰击。加上美军和南朝鲜军还可以从注字洞南山对 537.7 高地进行火力支援，537.7 高地守备部队是在几乎没有防御工事的条件下应付三面火力，其艰难程度可想而知，很多战士只能利用炮击的弹坑来躲避炮火。

另外，由于反击时在狭小地域里投入部队过多，因此伤亡也大。鏖战一直持续到 17 时许，九十二团只掌握着 1 号、6 号和 9 号阵地的各一半，而此时反击部队却伤亡了 300 余人，占反击部队总数的 60%。

反击取得胜利

11 月 14 日，是九十三团表演的重头戏，除一营仍在 597.9 高地外，二营三营全部投入 537.7 高地。

九十三团前身是赫赫有名的"朱德警卫团"，抗日战争期间的 1941 年 11 月，为保卫黄烟洞兵工厂与日军激战 8 昼夜，将来犯之敌击退，因而荣获"黄烟洞保卫战英雄团"的称号，也是十二军的精锐团队。此次战斗非比寻常，激战至 11 月 17 日，九十三团的两个营因伤亡过大，丢失了 5 个阵地。

当晚三营参谋长赵小山亲自率领 40 余人组成突击队，全力奋战，也只夺回了 3 个阵地。在全面反击之前，三十一师共投入 5 个营又一个连，激战 7 天，仍没有完全保住 537.7 高地。

李德生临危受命

在志愿军反击作战最困难的时刻，第三兵团司令员陈赓已奉命回国组建哈尔滨工程兵学院，王近山副司令员任代司令员。

王近山先通知十五军军长秦基伟到兵团部。见面后，王近山握着秦基伟的手说：

"怎么样？我看你瘦了！"

他又接着说："给我个实话，你到底能不能顶得住？"

秦基伟说："我四十五师打得差不多了，二十九师只剩一个团，四十四师、二十九师还有其他防务，兵力再也无法调动！"

王近山说："我问你能不能顶得住？要是不行你就下来，我让十二军上去。"

"我不下，要死就死在上甘岭，我死也不下！"秦基伟激动地说。

王近山说："那好，一言为定。十五军不下来，不过十二军也要上，我把十二军配属你指挥，再增调些炮兵，还有一个'喀秋莎'火箭炮团。"

自10月30日夜间大反击开始以来，上甘岭阵地又形成了拉锯战。此时王近山想，必须派一个熟悉部队的指挥员去率领十二军，他首先想到了十二军副军长李德生。

反击取得胜利

从红军长征开始，李德生就是王近山的老部下，抗日战争时期，王近山任七六九团团长时，李德生任营长；解放战争时，王近山任六纵司令员，李德生是他所辖的十七旅旅长；六纵改为十二军，王近山任军长，李德生任三十五师师长。

所以，王近山很了解李德生这位老部下，他打仗很过硬，不怕吃苦，任务交给他，如果完不成，他就像老牛一般，10个人也拉不回来。

此时，十二军在金城前线防御作战已整整一年，正奉命返谷山地区休整。

王近山电告十二军军长曾绍山要副军长李德生立即到兵团接受任务，于是李德生带着作战参谋张军急匆匆赶到兵团来见王近山。

王近山叮嘱说："战斗可能是空前残酷激烈的，要准备打苏联斯大林格勒大血战那样的仗，一个战士从战斗开始到结束要指挥一个连。"

王近山说完之后，觉得还是有点不放心，他又接着说："我们要把对方消灭在最前沿不准它前进一步，每一个阵地都要和对方反复争夺。在激烈残酷的战斗中，要十分注意研究对方的进攻特点，讲究战术，以最小的代价，给对方以重大的杀伤。"

最后王近山对李德生说："十二军调为兵团的战役预备队，全军同志从上到下，要准备全部投入战斗。我们正在上报，准备在十五军统一指挥下成立五圣山战斗指挥所，由你统一指挥在上甘岭前线作战的十二军、十五军所属部队，炮兵由炮七师师长颜伏指挥，你们要注意协同作战。战斗情况要及时直接呈报兵团，也要报告秦基伟军长，仗是在他们阵地上打的，要服从他的统筹调动，要相互搞好团结。"

李德生当即表态，坚决执行兵团命令，指挥好前线的战斗。

李德生回到军部向几位领导传达了王近山司令员的命令后，立即赶赴上甘岭，听取秦基伟介绍 10 天来的战斗情况、经验教训以及敌我攻防的特点。

随后李德生又驱车继续前进，很快即进入对方的炮火封锁区，一时弹片横飞，敌机投下的照明弹使黑夜犹如白昼，接着就是轰炸扫射。

前进途中，李德生发现了对方 4 个师的番号，这样大规模的进攻，绝不仅仅是为了前沿两个连的阵地，他的脑子里不由闪现了一系列的问题：阵地已被打成一片松土，工事全毁，战士反击上去如何保护自己？仅存的几个小坑道，缺粮、缺水、缺弹药，对方占领表面阵地封锁了洞口，如何解决吃喝？如何保存体力？如何补充弹药？从前沿到纵深几十里的翻山越岭，对方的飞机大炮层层封锁，如何保证前方的物资需要？阵地上电话线经常被炸断，如何保持通信联络？反击时，炮火如何配合，反击上去如何守住阵地？人多了遭杀伤，人少了又怎么守得住？

李德生想到要夺回前沿阵地并牢牢守住，需要解决的难题还很多。不过，他早有了思想准备。

反击取得胜利

后方加强火线军需供应

要打好上甘岭战役，弹药的运输是急需解决的问题。

在当时，弹药库离前沿阵地四五公里远，如果是小型防御战斗，弹药消耗不大还可以应付。

但是，当时"联合国军"持续猛烈进攻，前沿所需弹药数量相当大，对方用炮火封锁我纵深数十公里，通向前沿阵地没有公路，长途运输又远又累，有的战士甚至累得吐血，既造成伤亡，弹药又供应不足，有时一个营作战需要两个营运送弹药。

针对这一情况，大家充分发挥集体智慧，想出了分段运输的办法，即在山前直接用汽车运，再往前，从团后勤到营连，每50米为一段，分几个人专门负责。

另外，战士们还在沿途挖一些猫耳洞，主要用来藏放弹药，利用对方炮火的间隙，快步前送。这样做的结果，使得路程大大缩短，运输战士的体力也容易得到恢复。

这种运输方法实行之后，大大减少了志愿军的伤亡，并保证了前沿阵地弹药的充足供应。

后来，运输队伍发展到1300多人，而且还有26辆汽车用于从德山岘到水泰里之间。在对方封锁最严密的短途地段，也到处是志愿军运输员在硝烟、弹片中日夜不停地往返奔驰的身影。

　　阵地上尘土硝烟迷漫，挡住了视线，进攻的"联合国军"跟随着炮火前进。炮火一停，对方就冲到志愿军阵地跟前。在这种情况下，步枪单发射击就失去了作用。因此前沿阵地的战士都是用冲锋枪、机枪、爆破筒和手榴弹。

　　打到后来，阵地上全成了松土，手榴弹投出去即埋入土中，不能发挥有效的杀伤力。

　　面对这种情况，志愿军战士就只有投空炸了，所以，最起作用的是手雷和爆破筒。后方根据前线的需要，就尽量供应这些武器。

　　运输情况的改善，大大增强了志愿军部队的杀伤力。

　　这种运输方式在试行一周后，果然起到了显著的效果。

　　此外，部队的伙食供给也是需要着重考虑的问题。

　　在前一阶段作战，一个连队一个伙食单位，以致在分散的阵地上体力耗尽难以作战。

　　后来，大家想出了一个办法，在五圣山后山脚741高地后面的一个岩洞里，由团里统一组织食物供应。从各连队抽调来的炊事员，24小时不熄火，日夜蒸馒头包子，源源不断出笼。组织了50多人的专门运输队，不分昼夜，冒着炮火，不断地往前运送熟食，为了保温，还用棉被包裹着。

　　前沿战斗激烈时，不便集中吃饭，就用小袋子分成5

反击取得胜利

个 10 个一袋，一次背几十袋。炊事员到阵地上，一袋袋扔给战士们，因为运水不便，就送苹果解渴充饥。

741 高地供应站，还成了开"流水席"的供应点，凡是到前沿或返回后方的人员，均可随时进餐。

在战斗的 20 多天里，在此蒸了 2 万多公斤面粉的馒头、包子，保证了前沿战士吃饱好作战。

十二军上阵地后，阵地上的表面工事已经全部被炸毁，变为了一片没膝深的虚土。表面工事无法挖，没工事怎么打仗呢？

根据以往的作战经验，只有用麻袋装土构筑工事。李德生立刻叫人打电话给后勤人员，命令他们立即送 1000 条麻袋来。当天夜里，汽车就将麻袋送到了前方。

因地面工事被毁，坑道工事没有形成与战壕相连接的战斗体系，屯兵坑道与山顶工事相距有好几十米。在战斗进行中，增加的兵员就要在暴露的阵地上通过，这样就常常遭到对方火力的杀伤，特别是当对方占领表面阵地后，就可以封锁志愿军屯兵的坑道口，从而使得我防守分队的处境十分被动。

在这种情况下，我十二军一上阵地，就要解决站住脚和屯兵的问题。

运来麻袋装上土，围成一个圆圈，虽然暂时可以蔽身，但这样的工事仍不能抵御"联合国军"猛烈的炮火，所以志愿军战士一上阵地就首先要突击挖掘坑道和抢修战壕。

为了使一线部队休息好，保存体力准备第二天再战。首长决定由预备连队上去挖坑道，并提出挖一米坚石坑道立三等功一次，鼓励大家发扬革命英雄主义精神，为人民立功。

有了这些措施，阵地状况日益改善，屯兵作战就有了保障，解决了在阵地上"站住脚"的问题。

在部队"站住脚"后，保障通信畅通就成了重中之重的问题。

对方的炮火昼夜不停地往这两个阵地上打，电话线经常被打断。通信联络不能保证，命令就难以下达，情况不能上报。由于战斗十分激烈，接线员的伤亡也很大。

面对这种情况，志愿军接线员提前多准备了一些电线。部队上去打一次反击，通信排即拉一根新线，在稍微靠后的一些地区，则把电线埋在堑壕一侧专挖的小土沟里，这样就基本上保证了由团到前沿的通信联络畅通。后来步话机也配备到了连和排。

597.9 高地的 11 个阵地不是一条直线排列，而是由两条山脊向南形成前三角形。部队将山上重要的无名高地个别编号，西北方向一条山梁，从后到前，分别命名为 6、5、4、0 号阵地。

东北方向一条山梁，从后到前是 2、8、1、3 号阵地，交叉到前面正好是三角形。主峰为 3 号阵地，其西南还有 10 号阵地，正面是 9 号阵地，再往东南下去是最近的 7 号阵地，山脚东面是 11 号阵地，东北面就是上甘

反击取得胜利

岭村，11号阵地东面是一条山间公路，公路向东即是537.7高地北山。

犬牙交错的地形，部队运动相当复杂，但山形有前有后，弯弯曲曲，却也提供了从前后和两侧观察战况的良好条件。

团里由侦察股组成一个观察网，各阵地上都设有观察员，他们及时地将看到的情况，汇集上报。

连、营、团还在晚上不断地派小分队到对方阵地前沿了解情况，有的点还配备了步话机。

由于采取了一系列严密的通信观察措施，使上级指挥机构对团、营、连直至前沿班的双方情况均能及时掌握，对指挥作战起了很大的作用。特别是步炮协同，有时志愿军的步兵发给炮兵指示目标，使用猛烈的火力，成连成排地杀伤对方。

武团长建议调整战术

11 月 18 日，三十四师一〇六团由炮兵部队抽调的卡车从休整地紧急调到上甘岭。

这个团从九十三团手中接防的 537.7 高地阵地，尚缺 7 号和 8 号阵地，这两个阵地与美军占据的 537 高地主峰山势相接，距离只有 50 米，防御难度极大，而且没有什么战略意义。

李德生不愿再为这两个阵地付出战士的生命，特意嘱咐一〇六团团长武效贤对这两个阵地不必部署部队，只用炮火控制。李德生还给一〇六团加强了一个营，要求该团坚持到底，不再使用其他部队。一〇六团是由 1938 年陈再道在冀南地区组织的抗日武装发展而来的，解放战争时期是中野六纵的主力团，在鲁西南战役和挺进大别山的战略进军中，立下过显赫战功。

一〇六团时任团长武效贤，26 岁就当上了团长，是十二军最年轻的团长，是带兵打仗的行家里手。在他任营教导员时，营里就出了闻名全军的"爱兵典型"王克勤。在后来当师长时，又出了训练尖子郭兴福，并总结出"郭兴福教学法"在全军推广。在 5 时，一〇六团刚接防还不到 3 小时，南朝鲜军第二师的进攻就开始了，南朝鲜军此次进攻的主要目标是 6 号阵地。

反击取得胜利

6 号阵地是 537.7 高地西侧的突出部，地势又高，是西侧防御的要点，如果失守，不仅西面阵地不保，东面的 1、2、3 号阵地也很难守住，并且还能威胁到纵深的 448 高地，因此双方对 6 号阵地的争夺十分激烈。

南朝鲜军先是以 4 架飞机进行轰炸，接着又是长达近一小时的炮击，整个 537.7 高地落弹两万余发。在这样猛烈的炮火下，6 号阵地上唯一的一个坑道被炸塌了，八连连长文法礼等 20 多人全部壮烈牺牲。

在炮击过后，南朝鲜军以一个连的兵力对 6 号阵地发起了集团冲锋。守备部队拼死抗击，双方的激战一直到次日，即 19 日晚，终因部队伤亡过大，6 号阵地不得不落入对方。

20 日 4 时，九连发动了反击，一班负责主攻 6 号阵地，经过数小时恶战，终于将 6 号阵地夺了回来。

天刚亮，南朝鲜军的攻击又开始了，高守余从天亮到黄昏，用手榴弹、爆破筒独自带伤而战，击退了南朝鲜军 6 次冲锋。

在这期间，由于南朝鲜军密集的炮火封锁，他得不到任何支援，一天就吃了口袋里 3 颗慰问团带来的糖果，坚守住了至关重要的 6 号阵地。

战后，高守余被志愿军总部授予"孤胆英雄"的光荣称号。

到了黄昏时分，作为首批上高地的部队，三营经过三天激战，已经连一个完整的排都没有了。武效贤只好将二营调了上来，考虑到已经指挥3天战斗的三营长权银刚对地形、敌情都比较熟悉，指定由他继续指挥二营。武效贤见部队在3天内伤亡很大，如果照这样打下去，他的这个加强团最多只能守10天，所以就向李德生请求改变战术。

武效贤认为守住537.7高地的关键是保存部队，在537.7高地北侧山脚下，有两个总共可以集结一个加强连的屯兵洞，但从山脚到山顶还有500余米的路程，在对方猛烈炮火的攻击下，增援部队通常有一半人就在这500米的路程上伤亡了。

针对这种情况，武效贤建议说："如果我们在这500米的路程上，每50米挖一个防炮洞，在距山顶20米处再挖一个能容纳一个排兵力的坑道。这样，部队沿着防炮洞进行蛙跳式运动，最后在坑道里集结，阵地上伤亡一个，就从坑道里补充一个。这就可以大大减少在运动途中的伤亡，集中最大兵力坚守阵地。"

李德生对这个建议很满意，并很快采纳了，他给了武效贤一周的时间去按这一计划修筑工事。一〇六团在12门榴弹炮和40门迫击炮的火力掩护下，冒着夜间零下三四十摄氏度的严寒，突击修筑。同时，团政治部发出号召：一昼夜挖掘一米以上的防炮洞就给予记功！

经过一周的艰苦努力，一〇六团终于在阵地上挖掘了7条坑道、12个屯兵洞和5个防炮洞，建成了完备的防御作战体系。

反击取得胜利

　　这样，一〇六团只需集中兵力坚守关键的 6 号、2 号阵地，其他阵地白天用炮火控制，晚上组织小部队出击，一下子伤亡大减，士气大增，不仅有足够的兵力完成防御，还有多余的兵力可以进行反击。

　　到 25 日，除 7 号、8 号阵地外，其余阵地全部恢复，并得到巩固。

上甘岭阵地全面巩固

11月25日清晨，南朝鲜军二师伤亡已逾5000人，第四次撤下战场进行整补，由军团预备队南朝鲜军九师接替其攻击。

之后，在12月3日，南朝鲜军第九师发动了对537.7高地自开战以来最大规模的进攻。

在这次战斗中，南朝鲜军仅空中支援的飞机就高达200多架次，地空火力的联合轰击持续了两个多小时，整个高地被炸得烟云笼罩。

后来，2号阵地坑道终于因承受不住猛烈的轰击而倒塌，二连一个加强排除一人外，其余人员全部被埋在了坑道里。

对方炮火刚一延伸，南朝鲜军九师一个团就蜂拥而来，2号阵地上唯一没有来得及进入坑道而躲在岩石缝里的战士，端着爆破筒冲入对方阵地，与对方同归于尽了。

因这个加强排全部牺牲了，所以这位勇敢的战士的姓名也就无从查起了，他是一位无名英雄。

又是一整天激烈的争夺，阵地易手达到10余次。

在黄昏时分，南朝鲜军九师终于不支，撤出了战斗，阵地再次得到了巩固。经过这一战，南朝鲜军九师再也没有发动大规模进攻的能力了。

反击取得胜利

由于 11 月 25 日到 12 月 3 日已历时 8 天，在这段日子里没有发生大规模的战斗，习惯上把 11 月 25 日作为上甘岭战役结束的日子。

11 月 26 日，十五军司令部发布上甘岭战役的战绩公报：

在 43 天的战斗中，我打退敌排以上进攻 900 余次，与敌进行大规模争夺战 29 次，以 11529 人的伤亡代价，毙、伤、俘敌 25498 人，击落击伤敌机 300 架，击毁敌坦克 40 辆，大口径炮 61 门，使敌所谓"一年来最大的攻势"以彻底失败而告终。

消息传到北京，全国人民沸腾了。

12 月 16 日，毛泽东发表论朝鲜战争局势及其特点的讲话，高度评价了上甘岭战役。

12 月 18 日，《人民日报》发表了《庆祝上甘岭前线志愿军的伟大胜利》的社论，把庆祝上甘岭胜利的活动推向了高潮。

在上甘岭防御战役的 43 天里，双方在不足 4 平方公里的狭小地区，均投入大量兵力、火力，进行了持久的反复争夺，战斗激烈程度前所罕见。

消息传到华盛顿，美国反战情绪沸腾了。

杜鲁门总统本想利用上甘岭战役捞取政治资本，却事与愿违，让上甘岭战役敲响了他政治生涯的丧钟。

克拉克哀叹道：铁三角的猛烈战争，在竞选总统高潮时变成了头条新闻，它使北朝鲜战变成了美国历史上最不得民心的战争。

在板门店谈判桌上，美国人从叫喊"让枪炮说话"又回到了"叫人说话"上。

上甘岭从此成了"联合国军"的"伤心岭"。

据交战双方后来公布的资料显示：

在上甘岭战役中，"联合国军"先后投入进攻的兵力有：美七师、美空降一八七团、南朝鲜二师、南朝鲜九师以及埃塞俄比亚营、哥伦比亚营，共 11 个团两个营，战役中补充新兵9000 余人，另有一个炮兵营 105 毫米口径以上火炮 300 余门，坦克 170 余辆，出动飞机 3000余架次，总兵力 6 万余人。

志愿军在战役中出动的部队有：第十五军之第四十五师、第二十九师，第十二军之第三十一师及第三十四师一个团，榴弹炮兵第二、第七师，火箭炮兵第二〇九团，第六十军炮兵团，高射炮兵第六〇一、第六一〇团各一部，共投入山、野、榴炮 115 门，火箭炮 24 门，高射炮 47 门，另有工兵第二十二团第三营、担架营，总兵力 4 万余人。

反击取得胜利

战役中对方共发射炮弹 190 万发，投掷炸弹 5000 余枚，我两个高地的土石被炸松一至两米。我方发射炮弹 40 余万发，亦属空前。

这次战役的炮兵火力密集程度，已经超过了第二次世界大战。

在上甘岭战役中，志愿军共毙、伤、俘对方军队 2.5 万余人，志愿军伤亡 1.15 万余人，伤亡比例 2.21∶1。志愿军击落击伤对方飞机 300 余架，击毁击伤对方大口径炮 61 门、坦克 40 辆。

据对方所公布的资料显示，"联合国军"在上甘岭战役中的物资损失仅次于 1950 年全年的消耗。

"联合国军"总司令李奇微评述志愿军坑道斗争时说："'血岭'战斗和毗邻的'伤心岭'上的战斗也许是迄今为止最为残酷、最为紧张的战斗。这些战斗需要我们消耗极大的体力，需要我们具有无限的耐心和勇气。步兵像印第安人那样作战，他们在山坡上匍匐前进，吃力地拖带着自己的步枪、弹药以及迫击炮弹。有时，他们还被迫抵近敌人进行爆破，迫使敌人钻出地下工事。

"敌人以东方人所特有的顽强精神奋力加固他们在山上的工事。他们依靠人力来挖掘从山下的反斜面一直通到正斜面的坑道，以便在遭到空袭和炮击时能撤离正斜面阵地，躲进空袭火力或重型榴弹炮火力难以打击的反斜面工事内。敌人构筑的坑道有时长达 3000 英尺。这样，他们既能迅速躲避轰炸，又能很快向前运动抗击地面进攻。通常，前斜面的坑道出口都经过精心巧妙的伪装，必须很仔细地观察才能发现这些出口。"

"联合国军"总司令克拉克在他的回忆录中沮丧地说："金化攻势"是"发展成为一场残忍的挽回面子的恶性赌博"，"我们死伤的人数在 8000 以上，大部分为大南朝鲜民国之官兵，得不偿失……我认为这次作战是失败的。"

美国新闻界评论说：

> 这次战役实际上变成了朝鲜战争中的"凡尔登"……即使用原子弹也不能把狙击兵岭，即 537.7 高地北山和五圣山上的共军部队全部消灭。

反击取得胜利

庆祝胜利迎新年

1953 年新年前夕，英雄的上甘岭阵地上传递着一片"庆祝胜利，迎接新年"的欢乐声音。

一个月以前，这里还进行着激烈的战斗。今天，白雪已经把被炮火犁松的焦土都掩盖起来了，志愿军战士在雪地上写了一行大字：

我们胜利了，范佛里特碰壁了！

许多坑道工事的门口都搭起了彩门，贴上了新的对联和横额，彩门上端悬挂着毛主席像和大红星。

坑道的里面已被一盏盏"胜利灯"、"光荣灯"照得通明，四壁张贴着五彩的新年标语：

不骄不懈，从胜利走向胜利！

不怕流汗流血，保卫祖国明年的经济大建设！

新年给英雄的志愿军广大的指挥员、战斗员们带来了无比的欢乐。

志愿军运输部队已把丰富的新年食物送进了前沿的

坑道，部队首长的贺年信和印有和平鸽图案的贺年片也雪片似的飞到了前线。

许多连队、排、班的墙报都出版了"新年专刊"，上面登载了上甘岭战役中无数英雄们的辉煌业绩和指挥员、战斗员们迎接新年的战斗决心。

各个连队还组成了"胜利剧团"或"新年演唱队"，文工团员们也深入到连队帮助战士们编排各种生动活泼的新年娱乐节目。

志愿军某部五连的战士们已经编出"唐治平舍身炸敌群"、"智勇双全的指挥员刘海臣"、"孤胆英雄张志荣"和"歌唱上甘岭战役大胜利"等节目，准备在新年时演出。

新年临近了，欢乐的英雄们是多么怀念可爱的祖国啊！他们围坐在灯光下，谈着祖国三年来各项建设和工作上的伟大成就，以及即将开始的大规模经济建设。

许多战士从口袋里拿出家信来，十分激动地说："让我们打开家信看祖国吧！"于是，万千家书被战士们争相传阅着。

在一封封信里，有战士霍联鸿的父亲向儿子讲述他当选为丰产劳动模范的事情；有机枪射手龚清海的妻子向丈夫报告她当选为劳动模范并成为光荣的青年团员的事情；有狙击手谢振芳的父亲从淮河岸上寄来的照片，满含笑容的胖胖的脸庞，使他儿子一时不敢相信这就是几乎给地主扛了一辈子活的 50 多岁的老父亲，高兴和感

反击取得胜利

激使谢振芳的眼睛里闪着泪花……

一封家信就是一份喜报啊！每一封家信都给战士们带来无限的幸福和力量！

《人民日报》发表的《祝贺上甘岭前线志愿军的伟大胜利》的社论传来以后，更给部队带来了极大的鼓舞，志愿军战士们觉得这就是祖国人民的声音，祖国人民的战斗号召。

在红山顶，即 597.9 高地的一个前哨阵地上，指挥员带着战士们在庄严宣誓：

我们站在红山顶上，向祖国人民保证，不取得最后胜利决不罢休！

为了保卫祖国美好的建设事业，报答祖国人民深切的关怀，上甘岭战役结束后，英勇的战士们每天都在积极地打击对手。

每当晨曦映射着山冈的时候，前沿阵地上就开始了早晨的狙击竞赛。21 岁的青年狙击手蒋世贵已经打死了对方 4 个士兵。

12 月 20 日，蒋世贵又头上包着白毛巾，身上披着白布，潜伏在一个离对方阵地只有 80 米的雪地上，他端起自动步枪瞄准了一个正在走动着的"联合国军"士兵。对方刚一停脚，蒋世贵就开了枪。那个士兵"哎呀"一声就倒了下去。

过了一会儿，小蒋移到另一个地方，又打死了两个。当他走回坑道之后，就兴奋地从衣袋里掏出已经写好的家信，用钢笔把原来的"4"字改为"7"字，并在信尾注上一句：

妈妈，今天我又给你消灭了3个敌人。

在另一处前哨阵地上，"战斗模范班"副班长蒋光俊看到3个南朝鲜军士兵在对面山上挖工事，便对身旁的青年战士温则裕说："瞄准打呀！小温，不让对方抬起头来，坚决把他干掉！"

小温打了一枪，一个南朝鲜兵应声而倒，另外两个南朝鲜兵用劲爬倒在雪地一动也不敢动。

蒋光俊知道南朝鲜兵一定想突然跑掉，他便和小温分工瞄准两个南朝鲜兵卧倒的地方，等到他们忽地一下从地下爬起来，就"砰"、"砰"两枪齐放，把两个还没有站稳脚的南朝鲜兵报销了。

狙击手们实现着自己的豪言：

不让对方抬起头来！

反击取得胜利

仅红山顶上的狙击手在28天中就消灭了390名"联合国军"。

狙击手们愉快地唱着自编的快板：

打活靶，用自动枪，八发子弹压满膛，要沉着要机动，对方抬头就开枪。工事不让他挖，屎尿也不让他拉，叫他在老子面前只有把头低下！

上甘岭前线的志愿军指挥员、战斗员们在准备欢度新年的同时，纷纷给祖国人民写着热情的贺年信。

这些信，有些是写给祖国著名的劳动模范马恒昌、苏长有、李顺达等的，有些是写给自己的父亲、母亲或妻子的。

在信中，战士们感谢祖国人民一年来给他们的大力支援，并在信上向劳动模范和自己的亲人问好。

战士们保证在保卫祖国、保卫和平的事业中创造更加伟大的胜利！

上甘岭前线的指挥员、战斗员们更怀着无限敬爱和感激的心情，纷纷写信给毛主席贺年，并表示坚决的战斗决心。

在上甘岭战役中，一夜连续攻占 3 处阵地、歼敌 800 多人而荣获"一等功臣连"称号的某部第三连全体指战员，在写给毛主席的信上说：

祖国明年就要开始大规模的经济建设了，为了我们祖国建设得更美好，我们一定要保持荣誉，发扬荣誉，很好地总结一年来，特别是上甘岭战斗的成功经验，把我们的阵地建造得更坚固更巧妙，成为永远攻不破的钢铁阵地。我们坚定地相信，有了您——敬爱的毛主席，我们就永远胜利！

1953 年就要来临了，它将为正义与和平事业而战斗的英雄们带来新的更大的胜利。

反击取得胜利

毛泽东主席接见秦基伟

1953 年夏天，正是朝鲜金达莱花盛开的季节。秦基伟这时就要回国了，他将出任云南军区副司令员。

秦基伟回国后，到各地作报告，《人民日报》连续报道，还配社论《庆祝上甘岭前线我军的伟大胜利》。

6 月上旬，秦基伟到了北京。在彭德怀的建议下，毛泽东将接见秦基伟。

16 日 10 时左右，军委办公厅的车把秦基伟接到了中南海。

秦基伟来到中南海丰泽园菊香书屋，他第一次见毛泽东，既兴奋又紧张。

秦基伟落座不久，毛泽东从内房走了出来。

秦基伟立即起立，敬礼。毛泽东微笑着握着秦基伟的手说："啊，秦基伟同志，欢迎你啊！"

秦基伟说："主席，我代表十五军的指战员，向主席汇报来了。"

毛泽东说："上甘岭打得很好。上甘岭战役是个奇迹，它证明中国人民志愿军的骨头比美利坚合众国的钢铁还要硬。这个奇迹是你们创造的。"

秦基伟说："是主席和军委指挥得好，战士们打得顽强。"

毛泽东点点头，笑了笑，说："你们打得好，我要有表示。我这里没什么好东西，那就请你吸烟吧！"

秦基伟的手下意识地伸向烟盒。但秦基伟没有拿烟，而是将烟盒顺势向毛泽东那边稍稍推了推说："主席，我不会吸烟。"

秦基伟本来烟瘾很大，但考虑在主席面前吞云吐雾不太合适，就推说不会抽烟。

其实，那时候秦基伟一天没有两包烟下不来。在上甘岭战役第一阶段，他的烟一支接一支，几乎昼夜不断。

毛泽东见秦基伟推辞，以为他真的不会抽烟，便自己点烟抽了起来。那香喷喷的烟味在屋子里萦绕，也直往秦基伟鼻孔里钻，把他心里勾得直痒痒，但话已说出去，他只好忍着不抽。

"哎呀呀，你这个当军长的还不吸烟。不吸烟怎能坐指挥部啊，要是我，那可就是没办法啰。"毛泽东说完，哈哈大笑起来。

然后毛泽东说："你们在朝鲜作战是很苦的哟。"

秦基伟说："苦是苦一点，但大家的情绪很高，打仗都很勇敢。"

毛泽东接着说："美国佬好对付吗？你在朝鲜待了3年，有什么经验教训呀？"

"刚入朝时，对敌人规律摸不着，有点生疏，后来和敌人交了几次锋，就感到美国佬也没有什么了不起，并不可怕。美国佬有两个长处——装备好，有制空权，但

反击取得胜利

115

有三条缺点，一怕夜战，二怕近战，三怕死。"

毛泽东满意地点点头说：

张牙舞爪到处要吃人的大老虎，也被你们战胜了，可见它是一个纸老虎。不过，他们也是一个铁老虎，钢老虎。他们凭着钢铁多，凭装备优势，貌似强大，内里空虚。我们凭指战员的智慧和勇敢，凭正义，凭一股气，一鼓作气打败他们。战争规律，从来如此，劣势装备可以战胜优势装备。

毛泽东从哲学的角度论证"纸老虎"和"钢老虎"的关系。

秦基伟接着说："通过和美帝作战，更证实了主席关于《一切反动派都是纸老虎》的论断是英明正确的。我们根据主席的思想，'敲牛皮糖'的威力很大，把美国佬打得胆战心惊。"

在与主席的亲切交谈中，秦基伟已经不再拘束。他接着向主席介绍说："我们开始没想到敌人会在上甘岭投入那么多的兵力，敌人也没想到投入那么多的兵力也没能拿下上甘岭。范佛里特开始计划使用两个营的兵力，用5天时间，伤亡200人就可以拿下上甘岭。"

其实，在上甘岭战斗进入白热化时，双方都杀红了眼。

一方面，秦基伟发誓要"抬着棺材上上甘岭"；另一方面，"联合国军"总司令克拉克发誓，不管处境多么尴尬和困难，也要把"这场残酷的、保全面子的攻击"打下去！双方都不断增兵。

一时间，10万大军云集上甘岭，战斗规模迅速发展成战役规模。

然而，志愿军终于取得了大胜利。

毛泽东不紧不慢地说：

牛好吹，戏难唱哟！麦克阿瑟在仁川登陆时，不是吹要在圣诞节前饮马鸭绿江，让美国士兵回国吗？南朝鲜李承晚他们也说"战争一旦爆发，便立即占领平壤，在短时间内统一北方全境"；日本鬼子发动侵华战争，吹嘘3个月可以灭亡中华民族，结果呢？蒋介石打内战，说什么"在军事上对付中共，3至5个月便能解决问题"，结果还是打输了。

毛泽东一口气把美国、南朝鲜、日本、蒋介石进行了类比。

最后，毛泽东得出结论：

战争是吹不得牛的。历史并没有按照他们的逻辑发展嘛！

反击取得胜利

毛泽东意犹未尽，他接着说：

现在把战线稳定在"三八线"，能打得赢已解决了，能守得住也解决了。历史上没有攻不破的防线，上甘岭防线没有被攻破，这是奇迹。

11时左右，秦基伟起身告辞，毛泽东亲自将秦基伟送到门口。

参考资料

《中国人民志愿军征战纪实》王树增著 解放军文艺
出版社

《抗美援朝纪实：朝鲜战争备忘录》胡海波著 黄河
出版社

《抗美援朝战场日记》李刚著 解放军文艺出版社

《抗美援朝的故事》贺宜等著 启明书局

《血与火的较量：抗美援朝纪实》栾克超著 华艺出
版社

《鏖战上甘岭》郑守华等编著 广西科学技术出版社

《摊牌：争夺上甘岭纪实》张嵩山著 江苏人民出
版社

《烽火岁月：抗美援朝回忆录》吴俊泉主编 长征出
版社

《血战上甘岭》童德先著 军事科学出版社

《伟大的抗美援朝运动》中国人民抗美援朝总会宣传
部编 人民出版社

《开国第一战：抗美援朝战争全景纪实》双石著 中
共党史出版社

《我们见证真相：抗美援朝战争亲历者如是说》杨凤
安 孟照辉 王天成主编 解放军出版社

《激战上甘岭：志愿军的故事》郭志刚　李成刚编著
　　二十一世纪出版社

《上甘岭大捷中的英雄们》北京市抗美援朝分会宣传
　　部编　北京市抗美援朝分会宣传部

《战斗在上甘岭》中国人民解放军0925部政治部编
　　湖北人民出版社